終電前のちょいごはん
薬院文月のみちくさレシピ

標野 凪

ポプラ文庫ピュアフル

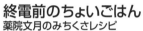

目次

contents

プロローグ

部屋の真ん中に丸いラベンダー色のクッションが、ポンと無造作に置かれている。その上に、まるで同心円を描くかのように丸くなった真っ黒なかたまりがある。

耳の先だけが辛うじて三角に出っ張っているところを除けば、見事なまでの真円だ。ぐるりとなったお腹と足の境目、ちょうどアルマジロの中心のようなところにくいっと指を突っ込むと、面倒くさそうにチラリとこちらを見て、また顔を前足で隠して丸まってしまった。

「うふふ。かわいい」

古びた畳敷きの部屋の中に、障子越しのやわらかな午後の日差しがゆったりと透けながら届いている。

滑らかな毛並みにそっと手を置くと、呼吸とともに静かに上下している背中ごしに、あたたかな体温が伝わってきた。どうやらすっかり寝入ってしまったようだ。眺めていたら、ついこちらまであくびが出てきてしまった。

まんまる、おつきさん。

まんまるになっている姿を見ていたらふと口を突いた。

「ほんとに満月のお月さまみたい」

そう思ってから、我に返った。顔を上げた先、キャラメル色に艶《つや》光りした柱の中ほどには、月の満ち欠けカレンダーが吊《つ》るされている。日付をゆっくり辿《たど》っていくと、今日は三日月だ。

「いけない。お店開けなきゃ」

ふかっとした背中に置いた手を離し、私は音を立てないように店へと続くドアに向かう。その後ろで、目覚めたばかりの黒猫がくう～っと伸びをした。

方向音痴のシロツメクサ

「オランダミミナグサ、ヤエムグラ、ノミノツヅリ」

春の道はとても賑《にぎ》やかだ。私はじゃれつくように足元をくすぐる草花に笑みを溢《こぼ》す。それに呼応するかのように、冴えた緑色の小さな葉が、風に乗ってふわふわとそよいだ。新しい季節の訪れを歓喜して舞い踊っている草花に囲まれ、私も歌い出したいような心地になった。

春の草花といえば、とお題が出されたとすれば、迷わず「春の七草」と答える人は多いだろう。新年の最初の節句にあたる人日《じんじつ》の節句には、この七草をお粥《かゆ》に入れていただくならわしがある。本米は旧暦一月七日の風習だから、今の暦《こよみ》では二月上旬にあたる。それでもそれはまだ「春」なんて形が出来上がっていない頃のこと。この時季の草花は、寒い気候の中でも緑の葉をしっかりと携えて育つ強い生命力を蓄えている。独特のえぐみには、体内を浄化させる働きがあるという。そんな自然の力にあやかるのが七草粥だ。せりなずな、ごぎょうはこべらほとけのざ、すずなすずしろ春の七草。すずなは蕪《かぶ》、すずしろは大根のこと。なずなはペンペン草だ。「七草」などと大仰にカテゴライズすると稀少《きしょう》なもののように聞こえるけれど、実はどれもとても身近な草花だ。道を歩けば目にするものばかりだし、公園の隅っこや駐車場の脇なんかにだって生えている。でも道行く人は、意外なほど気付かず通り過ぎていく。

七草粥をいただいてからカレンダーを二枚もめくれば、いよいよ正々堂々と「春」

を名乗れる季節が巡ってくる。足元一面に広がる白い小花に顔を近づける。五ミリほどの花冠の中に、丸い花弁が花芯《かしん》をぐるりと取り囲むように伸びているのがノミノツヅリ。真上から見ると花弁を支える尖《とが》ったガクが夜空の星のようだ。

かがんだ先に、紫がかったピンクの小花を見つけた。花の横に、長さ一センチほどの緑の豆のさやがついている。

「あ、カラスノエンドウ」

手を伸ばして一枝摘もうとして、止《や》めた。蔓《つる》のようになった葉の先端が、隣の木立にくるりと巻き付いていたからだ。

「そうよね。ここで生きとうんやもんね」

私には草木の声が聞こえる。なぜかって？　だって私は花の精だから。


実験は料理に似ている。調味料の塩梅《あんばい》を探り、火加減を調整し、試作、試食を重ねる中からおいしい料理が完成するように、成分の調合を変え、温度や条件のパターンを探り、想定した結果にいかに近づけるか。その繰り返しだ。

大学は応用化学の学科を選んだ。食品化学分析実習を研究分野に大学院に進んだ。

いまは商品開発のための実験や再現をする研究所で働いている。対象は多岐《たき》にわたっていて、生物や物理、化学はもちろん薬学や農学、それにさまざまな機器を使いこなすための工学的な知識までも求められる。学問だけでは到底追いつけない。仕事をする中で少しずつ経験と知識を増やしていくしかないのだ。でも、根底に求められるのは諦《あきら》めない持久力。大学院の指導教授からは、

「へこたれない強い精神を養いなさい」

と常に言われていた。学生時代に培《つちか》った、仮説を立て、証明をしていく根気強さが、現場のどの分野でも試されているように感じる。

ここしばらく取り組んでいるのは、美容家がプロデュースしている化粧品のサンプル調製だ。その美容家が福岡県出身ということで、地元で採取された成分を配合した「メイドイン福岡」がコンセプトになったスキンケアアイテムだ。

海の中道や糸島《いとしま》半島の土や海水、博多《はかた》湾で養殖された海藻《かいそう》などが化粧成分になる。そう聞くと驚くかもしれないが、海水や土壌には多くの微生物が生息している。微生物といっても、ウイルスや赤潮の原因になるものばかりではない。お酒や味噌などの調味料だって、微生物によって発酵されるのだ。採取した中から有効成分を探索し、分析、検証。トライアンドエラーが繰り返される。

実験が長引いたわりに、今日も思ったような結果が出なかった。もうこの試料に

何ヶ月かかりきりになっているのだろうか。終わりの見えない堂々巡りに、頭をかかえてしまった。

結論を早めるのは危険だとわかっていても、こうも続くとさすがにうんざりしてくる。試験管から目を上げると、ガラス越しに隣の実験室が見えた。数名の白衣姿の同僚がきびきびと実験を進めている。扱っている対象がそれぞれ違うとはいえ、いつまでも同じ場所で立ち止まっている自分を省みて、しゅんとなった。

「私やない、別の人やったら、もっとうまく進められるかもしれんのに……」

小さなつぶやきが、自己嫌悪という形になって、ずっしりとのしかかってきた。

明日からまた仕切り直しだ。肩から下げたバッグが重い。そういえば今日は白衣を持ち帰ってきたのだった。実験で使った白衣は、洗浄室に置いておけば管理の職員が洗ってくれるのだが、気分転換にもなるからと、こうして持ち帰って自宅で洗濯することも多い。

成果の出ない空気を纏《まと》った白衣でぷっくりと膨《ふく》らんだバッグを、腕と脇できゅーっと挟んで萎《しぼ》ませた。同時に深いため息が漏れた。

足元では、この間まで産まれたての赤ちゃんのようにやわらかかった草花たちが、青さを増し、たくましくなっている。草木を揺らす風は、時折、湿り気を帯びてきている。春から夏へと季節は瞬《またた》く間に移り変わっている。

「成長していないのは私だけか……」

後ろ向きな気持ちのまま、タンポポにも似た黄色と白の草花に目をやる。

「オカオグルマにセンボンヤリ」

草花を辿っていくと、コンクリートに囲まれた路地の片隅に土が顔を覗《のぞ》かせている一角があった。そこにびっしりと毛糸のポンポンのような白い頭が覗いている。夜も更け、すっかり辺りも暗くなっていたけれど、そこだけポッと明かりが灯《とも》ったように見えるほど、密集して生えている。

「わっ、シロツメクサやん」

路地に誘われるように細道に入っていくと、そこに広がっていた一面のシロツメクサの草原に息を呑《の》んだ。まるで花の精である自分を、春の草花たちが歓迎してくれているようだ。

うっとりと自己陶酔していたところで、ふと現実に戻る。慌てて立ち上がり、周りをキョロキョロ見回す。

「またやってしまった……」

実は私は極度の方向音痴だ。右から入った店から帰るのに、平気で左方向へ出てしまう。しかもなぜだか疑うことを知らずに、ずんずんと逆方向へ進んで行く。挙げ句、自分がどこにいるのかわからなくなってしまうのだ。迷子になって交番に駆け込むなんてことも、ザラだ。今はスマホのGPS機能なんていう便利なものがあるんだから、そんな心配もないように思えるだろうけれど、地図が苦手なせいもあって、文明の利器もあまり役には立ってくれない。

「参ったなあ」

立ちすくんだままつぶやく。と、先ほどまで目に入っていなかった視線の先に、ポツンと木製の看板が置かれていた。

《迷い道のちょいごはん　どうぞ》

シロツメクサの草原に（などというほど広い空間ではないけれど、その時の私にはそれくらい偉大に思えたのだ）置かれた看板に吸い寄せられるように近づいていく。

黒板にはチョークで《本が読めて手紙が書ける店》と添えられてあり、料理名やドリンク名もいくつか書かれている。

「悠那《ゆうな》ちゃん、悠那ちゃん」

シロツメクサが、静かにそよぎながら私の名前を呼ぶ。

「どうぞ、どうぞ。入って、入って」

疲れていた。いまはあれこれ考えたくなかった。それに今日は朝から実験にかかりっきりだったせいで昼食もちゃんと取れていなかった。チェーン店のウエストに寄って、ごぼ天うどんでも食べて帰ろうと思いながら、天神《てんじん》から今泉《いまいずみ》方向に歩いてきたんだった。それがいつの間にか見知らぬ場所まで来てしまっていた。

「ふう」

ひとつ小さく息を吐いて、導かれるままに看板の横から続く細い階段をコツコツと上っていく。階段の上では、仄《ほの》かな明かりを灯すペンダントライトが私を待ってくれていた。電球を覆うガラスのシェードは、尖った花びらの形をしている。

「ヤグルマソウ……」

野に咲く一輪の花のようなそのペンダントライトは、『不思議の国のアリス』のウサギ穴よろしく、秘密の世界への入り口のようで心が浮き立った。私はそっとドアに手をかけた。

鉄製の重いドアだった。淡いグレーの色合いは、海の中にいるような空気を孕《はら》んでいた。

「いらっしゃいませ～」

歌うような声が聞こえたかと思うと、その店の主《あるじ》がぬっと顔を出した。その瞬間、思わずドキリとした。

真っ白なコットンのシャツに草木染めのようなリネンの胸当てエプロン、柔らかそうな髪の毛を、きゅっと上げてお団子にしている。そのお団子が今しがた見たシロツメクサにそっくりだったからだ。

「軽いお食事とお飲みものだけのお店ですけれど、よかったらどうぞ」

シロツメクサの店……。

そんな夢ともうつつともつかない中で硬直している私を、入店を躊躇《ちゅうちょ》していると感じたのだろう。にこりと微笑《ほほえ》みかけられ、ようやく正気になった。

「あ、はい。ひとりなんですけど……」

店内はこぢんまりしていたが、狭苦しい感じがしないのは、正面に大きな窓があるせいだろうか。客席はカウンターとテーブルがひとつ。全部で十席あるかないかくらいだ。テーブル席には男性ひとりと女性ふたりの三人連れが座っていた。会話が耳に届く。

「本当はボスが動いてくれれば、下も従うんですが、上があれだから……」

ワイシャツ姿の男性に、

「う～ん、どうやれば三浦《みうら》の頭をかち割り……いや、理解してもらえるんやろう」

女性のうちのひとりが、テーブルに肘《ひじ》を置いたまま、髪の毛をぐしゃぐしゃしながら答える。それをもうひとりの女性が頷《うなず》きながら聞いている。社内の話題で盛り上がっているようだから、きっと職場の同僚同士なのだろう。

大きなプロジェクトに育ちそうな案件では、チームで取り組むこともあるが、探索段階の実験では基本的にはひとりだ。「どうして?」も「もしかして……」も自問自答の繰り返しだ。一般的にはおそらく当たり前なのだろうが、私にとっては職場の人間同士がこんな風に相談し合っている風景ですら新鮮に見える。

窓に面したカウンター席の傍《かたわ》らには、明るい茶色のジャグに青紫色の花が五本、上品にいけられている。アヤメだ。アヤメ、ハナショウブ、カキツバタ……。どれもアヤメ科の植物で、色や形状もよく似ているので混同されることが多いが、花弁をよく見れば違いは一目瞭然《いちもくりょうぜん》だ。紫色の花弁の中の斑紋《はんもん》が、ハナショウブは黄色、カキツバタは白、アヤメは黄と白の網目状になっているからだ。ちなみに五月五日の子どもの日に湯船に浮かべる「ショウブ」は、巨大な土筆《つくし》のような黄土色の地味な花穂を持つ、サトイモ科の全く別の植物だ。

店内には本棚や古い木のおもちゃなども置かれていて、まるで絵本に出てくる屋根裏部屋のようだ。きょろきょろと見回しているうちに、キッチンの奥にドアがあることに気がついた。なぜだかそれが隠し部屋への入り口のように見えた。

「まさかそんなはずないか……」

あれこれと妄想していた私に、店主が折り畳んだわら半紙をそろりと手渡してきた。それは秘密の部屋の地図……ではなく、メニュー表だった。手書きの文字が並び、ペンで描いたイラストも添えられている素朴な作りのものだ。

「本日の《こつまみ》は、春キャベツとレモンのサラダ、タケノコと高菜のポン酢炒め、それから新タマネギのオニオンリングですよ」

「《こつまみ》……ですか?」

顔をあげた先には、にこやかに笑う店主がいる。パッツンと切り揃《そろ》えられた前髪、その下で大きな目がくるくると動く。かと思ったら、とろんと目を細めた。そのままこの空間に溶けてしまいそうだ。

「うちのおつまみは小皿にちんまり盛るので『こ』つまみって呼んでいるんですよ」

おっとりした口調が空気の流れまでもぼんやりさせる。窓の外では嘘《うそ》のようなまん丸の月が輝いていた。限定だと薦められて注文したお酒は、フルーティで飲み心地のいい日本酒だった。眠そうな店主の風貌のせいか、あまりにも疲れていたせいか。小さなグラスに一杯だけだったのに、すっかり気持ちよくなってしまった。そしてどこかでこれはきっと夢の中の出来事なのだろうと思っていた。


子どもにしか聞こえない声や音があるという。一人で遊ぶのが得意だった私は、近所の公園で遊具の順番を争う賑やかな声を尻目に、公園を取り囲むように整然と置かれたベンチの裏側の原っぱに座り込んで、草花と戯《たわむ》れるような子どもだった。

ある夏の日のことだ。いつものように草むらを眺めていたら、どこからか声が聞こえた。

「暑い、暑い。おみず、おみず」

公園内ではアブラゼミが盛大に鳴いていた。遊具の周りは今日も大渋滞だ。ささやくような声は、細長い葉に覆われた薄桃色の鞠《まり》のような小花から聞こえてくる。

「おみず、おみず」

私は砂場に埋もれていたバケツを拾い、すべり台の傍らの水飲み場で水を汲《く》んで、草花にそっとかけた。

「おみず、おいしい。涼しい、嬉《うれ》しい」

風が吹いて、草がそよいだ。と同時に静かに葉が頭を下げるように揺れた。

「悠那ちゃん、悠那ちゃん。ありがとう、ありがとう」

風の音が交ざった、微《かす》かな声が聞こえた。その草花がオジギソウという名前だと知ったのはそれからしばらくしてからのことだ。今思えば、九州では自生していないはずの品種なので、誰かが植えたのかもしれない。

植物や動物と話せる。こうしたことはある年齢になるまでは誰もが経験することだという。それはまだ人間とも動物ともつかない曖昧《あいまい》な存在だけに与えられた力。でも私は、その日から自分だけが特別に選ばれた花の精なのだと思うようにした。そう信じ込むようにした。そうでもしなければ、毎日があまりに窮屈だったからだ。

紫陽花《あじさい》の花弁に見えるところは実はガクだ。中心にポツリとある芯のように見える部分が花なのだ。日本古来の品種である「ガクアジサイ」を見れば、千代紙を集めたような四角いガクと中央に密集している小花で構成されているのがよくわかる。

そうだと思い込んでいたものが実は違う、というのはよくあることだ。

はじめてその店――文月《ふみつき》を訪れてから数日たってまた同じ道を通った。今度はちゃんと道順を辿って来たから迷い込んだのではない。実験が遅くまでかかるのはたいてい週中の水曜だ。つまり同じ曜日の同じぐらいの時間だった。

どこかでそうなんじゃないか、と勘ぐって。だからさほど驚きはしなかった。店の前には看板は出ておらず、形跡がなかったかのように静まりかえっていた。

「やっぱり、あれはシロツメクサの魔法にかかっとっただけなんやね」

あの時に注文したお酒のことを思い出す。

「この季節だけの限定なんですよ」

それはテーブル席の三人連れが注文したものだった。グラスに注いだあとの瓶を手

に、私にも、

「おすすめですよ」

と店主が声をかけてきた。鮮やかなグリーンの瓶には、クローバーに小さなてんとう虫が添えられたイラストのラベルが貼られている。

「こんなかわいいボトルの……」

ありえないと思った。

「日本酒っぽくないですよね～」

こちらの心が読めるのか、店主が可笑《おか》しそうに言う。だいたい自分のお店のメニューなのだから自分で選んでいるだろうに、どこか他人事《ひとごと》なのだ。そして続いた言葉に、私はこれが現実ではないことを確信した。

「これ、シロツメクサの花畑をイメージしているんですって」

ああ、やっぱりそうか。シロツメクサは海外では薬草として使われているところもある。こんな風にどこか違う世界へ迷い込ませる魔力があったとしても何の不思議もない。それにかつては輸送の際に荷物を保護する用途、今でいうプチプチのような緩衝剤《かんしょうざい》として使われていたから「詰め草」という名が付いたと言われている。見知らぬ場所に運ぶことなどお手のものだろう。私はひとり頷きながら、眠そうな目をした店主の頭の上にのっかったシロツメクサそっくりのお団子を眺めていた。店主が歩くたびに、それがボワッと揺れた。

「ところでここ、どこですか？」

帰り際、曖昧な意識のまま、それでも現実に戻らなくては、と思っていた。

「え？　どこって……」

店主が戸惑ったような表情を見せる。

「私、ぼんやりしているうちにここに辿り着いちゃって」

わけを説明すると、納得したように微笑んだ。

「薬院大通《やくいんおおどおり》を一本入ったところですよ。階段を降りて左へまっすぐ進めば四《よ》つ角《かど》に出ます」

言われるままに歩いていたら、よく見知ったバス通りに出た。私はここで花の精の自分に別れを告げ、喧噪《けんそう》に紛れ込んだ。

看板の出ていたあたりの草むらには、今日も相変わらずシロツメクサが繁っている。子どもの頃はこれで花冠やネックレスを作ったものだ。懐かしくなって屈んでいると、カチカチとスチール製の引き戸が開く音がした。顔を上げると、店があったはずのビルの一階から女性がスーツケースを引いて出てきたところだった。肌が透き通るように白い、楚々《そそ》とした面立ちの女性が驚いたような表情をしている。立ち上がって道を

空けると、

「文月さんのお客さんですか？　しばらくお休みですもんね～。私も一杯飲みたかったんですけど」

そう言って、私に目配せしてから上を見る。釣られて見上げた空は暗く、月も見えない。

「え？　お休み??　しばらくって……いつまでですか？」

まさかという気持ちに胸が高まる。お店は実在しているってことなのか。

「さあ。私も調べてみないとわからないですが……。もうちょっとじゃないですか？」

それだけ言って、彼女はスーツケースをガタゴト言わせながらすたすたと行ってしまった。


「え、じゃあお店が消えちゃったと思ったんですか？」

その数日後のことだ。裏通りには、今度は当たり前のように看板が出ていた。店主が頭のお団子を左右に揺らしながら目をしばたたかせる。

「お休みだって知らなくて……」

「そうですよね。わからないですよね～」

テーブル席に座っていた女性客が、こちらを見上げて私に同意する。店主と親しげにしているところを見ると、常連客なのだろう。

「うちは三日月から満月の間までが開店日なんですよ～」

ハミングするように話す店主の口調に、小鳥のさえずりにも似た心地よさを感じる。

「え？　三日月からって……。じゃあ月齢三・〇日が深夜にあたった場合は、どうなるんですか？　夕方ならまだ二・四日くらいなはずだから。そういう場合はどっちにするんですか？　開店なのかどうか……」

月齢は新月からの通過時間を日数で数えたものだ。この太陽太陰暦が、現在の暦になる前に使っていた旧暦の考え方だ。

店主はポカンとした表情だ。

「なるほど～。そんなこと考えてもみなかったです」

のんきな返答に、テーブルの常連さんが助け舟を出した。

「文《あや》さんは月の満ち欠けのカレンダーで開店日を決めているんですよね」

「はい。これで」

と言ってキッチンにかけてあったイラストの付いたカレンダーを指差す。ラフなタッチがこのお店の雰囲気にぴったりだ。

「なんかすみません。私、つい理詰めで……」

場違いな発言をしてしまった。

余計なことを口走るんじゃなかった。恥ずかしかった。ここは私のような理路整然としたつまらない考えの人間にはふさわしくない店だ。もっと余裕のある大人たちが集う店だ。いたたまれない気持ちに体を硬くしていた私に、

「ぷぷぷ」

と笑う声が聞こえた。

顔を上げると、文さんと呼ばれた店主が、窓の外に見える三日月のようににんまりとさせた口元に手をやって、こちらを見ている。

「何か……？」

恐る恐る顔を窺《うかが》う。

「だって、すごく理知的な方なのに、薬院で迷子になっちゃうなんて……」

もう可笑《おか》しくて仕方ないといった風だ。

「お店が幻《まぼろし》だって思えちゃったりするなんて、ちょっとロマンチックですよね」

常連さんもにこやかだ。湿度を含んだ緩《ゆる》やかな空気に包まれて、体が浮くような感覚を覚えた。花粉症の季節は過ぎたはずなのに、瞬間的に目元が霞《かす》んだ。

カウンターの脇に、今日は大きなガラスの花瓶が置かれている。この店に不釣り合いなくらいのサイズの瓶に、大振りのグリーンが飾られている。あれはきっと……。もっと間近で見えるようにとカウンター席に腰掛ける。葉をまじまじと眺める私に、

「お花、お好きなんですね」

文さんが声をかけてくる。

「でしたら今日は、こんなお酒、飲んでみませんか？」

三十センチほどの高さの密閉容器に満たされた、透明な液体の中に、紫色の小さな花をつけた細長い茎の束がみっちりと浸かっている。

「ラベンダー？」

「ええ。ラベンダーのお酒なんですよ。毎年、この時期になると北海道にいる幼なじみが鉢植えのラベンダーを送ってくれるので、ウォッカに漬けてお酒を作っているんです」

瓶の金具をスコッと音をさせて開けると、途端にいい香りが漂った。

「ラベンダーってお酒にもなるんですね」

「はい。アルコールに漬けないで、そのままお湯を注げば、ラベンダーのハーブティーとしても楽しめるんですよ。ドライになったものでも作れるんですが、フレッシュが手に入ったら、それはもう格別ですから」

文さんは、ラベンダーがプカプカと浮いた瓶を愛おしそうに抱える。

「北海道からのプレゼントやもんね。それはそれは格別ですよね～」

常連さんがちゃかすようにほくそ笑むが、文さんはプイと口を尖らせてみせる。

「私もそれ、お願いします」

「はあ～い」

文さんが注文に応えながら、いそいそとグラスを取りにキッチンに戻る。

「大振りなのも素敵ですね～。撮ってもいいですか？」

私がぐいぐいと花瓶に近づいているのに気を取られたのか、常連さんも飾られたグリーンを眺めている。手にはアンティークカメラが握られている。

「もちろん。安曇《あずみ》さんに撮っていただけるなんて嬉しいです」

キッチンの奥から文さんの声が届く。

「これブルーベリーよね？　日本にもあるんやね」

安曇さんと呼ばれた常連さんは感心しながらカメラのレンズでピントを調整して、カシャリと小気味いい音をさせてシャッターを切った。

「私も珍しいなって。花屋さんの店頭に出ていたんで、抱えて帰ってきました。このまま飾っておいたら実が紫になるんでしょうかねえ」

二人の会話に耳を傾けながら、そっと枝の葉に注目する。枝には小さな実がびっしりなっている。

　細長い葉と口が風鈴のようにすぼまった実がブルーベリーの特徴だが、これは丸みがかった大きな葉で実の先はキュッと閉じられている。おそらくこの実はやがてイチゴのような赤色になるはずだ。

「これ、もしかしたらジューンベリーかもしれん……」

　つい口を衝《つ》いて出た。すると話していた二人が、

「え？」

　同時にこちらを向いた。調子に乗ってしまった。せっかくうまく逃げ切ったというのにまた場の雰囲気を乱してしまった。慌てて取り繕うように、

「june《ジューン》って六月のことかと……」

　と説明するが、言葉を重ねるほどに、理詰めに堅苦しくなっていく。情けなさと恥ずかしさで顔が火照《ほて》って熱い。その時だ。

「ステキ！」

　文さんが輝くような笑顔をこちらに向けた。

「……っていうことはまさに今だけのものってことですよね」

　さっき見せてもらったカレンダーには大きく「6」の数字が書かれていた。六月も半ばに差し掛かったところだ。

「私もブルーベリーしか知らんくて、そう思い込んどったけど……。色んな種類があるんやね」

カメラを手にしたまま安曇さんも興味深そうに頷く。

「お花に詳しいって、いいですよね。季節の変化にいち早く気付けて」

と言う文さんに、

「草木を愛でる余裕があるなんて羨《うらや》ましいです」

安曇さんも微笑む。

「余裕なんて……」

ない。

年中白衣を着て、同じ室温に保たれた部屋で一日中過ごし、実験を繰り返す。頭の中はいつも理路整然と整えられている。

オジギソウの羽のような葉は葉柄《ようへい》によって茎と繋《つな》がっている。その根元には葉柄を支えている膨らみがある。主葉枕《しゅようちん》と呼ばれる部分だ。ここに水を蓄えることで、葉柄を上向きに支えているが、葉に刺激が加わると主葉枕の水が抜け、支える力をなくす。オジギソウの葉に手を触れると葉が折れたようになるのは、そのせいだ。私に「ありがとう」と言っておじぎをしているわけではないのだ。

露草が花びらよりも黄色の花粉が鮮やかに目立つのは、受粉のために虫たちを呼び寄せるため。オオバコが地表に広がっているのは、動物に食べられないための防御策だ。固い地面に根を張るのも踏まれても切れにくい特性を持つが故だ。スミレの花が下を向いているのは、蜜を吸いにきた昆虫が唇のように突き出した弁に口を入れると、自動的に頭に花粉が付いて効率的に受粉が行われるようにするためだ。

物語めいた空想は自由だが、全て理論で説明できることだ。そんなことはずいぶん前からわかっていた。

私は花の精なんかじゃない。草花に逃げるようになったのは人とうまく関われない現実を避けるためだ。人と会話をして気持ちが揺れるくらいなら、一人で実験をしているほうがいい。化学の道を選んだのは他人と交わらずに済むと思ったからだ。

そんな私の気持ちをよそに、二人は会話を進める。

「文さんのお母さんも季節と寄り添える方やったんよね？」

安曇さんの言葉に文さんが目を細める。

「ええ、そうみたいです。『お母さんはキンモクセイの花が見えないのに、すぐに匂いを嗅《か》ぎ付けて、秋が来たなんて言うんだ』って父がよく話してくれました」

「ここのお料理を食べよったら、そんな暮らしをされとったことがわかるよね」

安曇さんが私に同意を求める。文さんが何気なく、といったふうにキッチンの上の本棚から一冊のノートを開く。古びたノートの表紙には小さな三日月の絵が描かれている。

「レシピ集ですか？」

と聞くと、

「ええ、母が遺《のこ》してくれて。『みかづきノート』って呼んでいるんです」

そう言いながら、表紙の三日月の絵を静かに撫《な》でた。若くして病気で亡くなられたお母さんが、やがて大人になる文さんのために、季節のお料理のレシピをノートにまとめてくれていたそうだ。それを、独り立ちする際に、お父さんから手渡されたという。こんな穏やかな女性を育てたお母さん。そんな人と自分は全く違う世界の人間のはずなのに。

と、私の肩越しに、聞き覚えのあるささやくような声が聞こえた。

「悠那ちゃん、悠那ちゃん」

「暑い、暑い」

「おみず、おみず」

なんだったっけ？　これ。

そうだ。これは草花の声。

「どうぞ、どうぞ。入って入って」

ここの店にはじめて来た時にも聞いた声。私がアテレコして言った台詞《せりふ》……のはずなのに、いまは、確実に店内から聞こえている。耳を澄まそうと視線を下げると、文さんがさっきまで立っていたあたりに、真ん中に白いボカシ模様の入った三ツ葉のクローバーがハラリと落ちている。私がお店に入ってくる時に、草の葉を靴に付けて上ってきてしまったのだろうか。不思議に思いながらキッチンを見ると、奥でシロツメクサそっくりのお団子頭が覗いている。気付かれないようにすっと息を吸い込んだら、店内から緑の原っぱの匂いがした。

生物と化学。一見相反するようでいてお互いがお互いを補い合っている。自然破壊が叫ばれる一方で、堆肥を使ったバイオマスの活用や植物で断熱する緑のカーテンやビル緑化など、日常的な例でも化学と生物の融合がなされている。プラスチック製品や洗剤ばかりではなく、自然素材の漆《うるし》や藍《あい》染めなどにも、化学の力が存在している。

道ばたのカラスノエンドウは、巻きひげ状の先端を木立に絡み付けていた。蔓のような巻きひげは、先端の小さな葉が変形したものだ。そのひげを他のものに巻き付け共存していくことで、カラスノエンドウは自立し安定している。そうやって自分なりの立ち方を見つけて生きている。

理詰めの私とどこか現実離れした私。これもひとつの共存だ。そうやってバランスを取っているのなら、それは私なりの立ち方なのかもしれない。他人とうまく交わることだけが正解ではない。

「そうよね。ここで生きとうんやもんね」

カラスノエンドウにかけた言葉を繰り返す。そう、私もここでこうして生きているんだから。

文月からの帰り道、サワサワとした風が夏の気配を運んでいる。外は五日目の月。でも、厳密にはこの時間なら月齢四・七日……と思ったところで苦笑する。こんな自分だっていい。

「いつもいつもありがとう」

足元の草花にそっと声をかける。

「オカオグルマにセンボンヤリ」

私は花の精。きっとそう。

三つ違いのオフサイド

唐人町の駅がごったがえしていた。地下鉄を降りるとホームは人で溢れかえっている。その人波が一方向へと進むべく渋滞していた。まだ夜も浅い。帰宅ラッシュの時間に差し掛かってはいるけれど、活気だった空気はいつものそれとは違う。

ソフトバンクホークスのホームグラウンドである『福岡 PayPay ドーム』、通称福岡ドームは、ここが最寄り駅だ。天神や博多駅からもドーム行きのバスは出ている。特に試合のある日は直通の臨時バスが運行されたりもするのだが、地下鉄の唐人町駅から歩いて観戦に向かう人も多い。

駅界隈《かいわい》は週末にもなると、白地に鮮やかなレモンイエローを配したユニフォームを着込んだカップルや家族連れで賑わう。さほど野球に興味がなくても、ちょっとしたレジャーのように応援に行くのは、球団を持つ地元ならではの光景だ。私も主力選手の顔と名前くらいはわかるし、応援歌が流れれば、つい口ずさんでしまったりする。もっともそれは隼人《はやと》の影響でもあるのだけれど。

でも今日は月曜だ。野球の公式戦は、基本的には月曜には行われない。そもそも今、駅のホーム上にいる客を見ればそれが野球の観戦客ではないことが一目瞭然だ。身につけているのは白地にレモンイエローのユニフォームではなく、スタイリッシュなロゴが金色で刷られた黒いTシャツ姿が目につく。同じロゴの入った大きなビニール製のショッピングバッグを抱えている人もいる。そして圧倒的に女性が多い。

「ライブか……」

福岡ドームでは、野球だけでなく、イベントやライブなどの興行も多い。大人数を収容できるため、かなり大規模なものになるが、逆に言えば集客を望めるものでなければ開催できない。ここを満席にできるライブとなれば、超ビッグネームに限られる。つまり誰でも知っているクラスのアーティストということだ。

「誰やろう」

少しばかりのミーハー心で、Tシャツの背中に目を近づける。ここ数年で勢いを増しているダンスグループの名前と彼らのシルエットが、角張った英文字でデザインされていた。持っているショッピングバッグはコンサートグッズだろう。同じデザインのスポーツタオルやキーホルダーが見え隠れしている。そうとわかってから改めて見てみると、年齢層はさまざまだが、どちらかというと華やかで快活な雰囲気の女性が目立つ。家に籠ってゲームや読書をしている、というよりも日頃から外で新しいものを貪欲《どんよく》に吸収しているようなタイプだ。

コスメと熱気が混ざったような重量感のある空気の流れに逆行して、ドームとは反対方向の改札に向かう。まさに人波を泳ぐようにかきわけながら、改札への階段に辿り着いた。そこでようやく息が漏れた。

階段の中段から後ろを振り向くと、浮き立っている黒のTシャツの後ろ姿が、波しぶきのように見えた。背中のロゴが駅の白い照明に反射してキラリと輝いた。

「楽しそうだな」

一瞬心をよぎった言葉をかき消すように改札口へ急いだ。


駅前のスーパーで買いものをすませ、大通りの歩道橋を渡る。そのまま直進していくと、左手に五階建ての白いマンションが見えてくる。一階はテナントになっているが、店が長く定着することはない。いま入っている古着屋も、つい先週オープンしたばかりだ。立地は悪くないと思うのに長続きしないのには、何か理由があるのだろう。古着屋の前から見上げると、三階の部屋がグリーンのカーテン越しにほんのり明るくなっているのが確認できた。

隼人が会社を出たのは私が退社するちょうど三十分前。帰り際、私の個人ブースのパーティションからひょこっと顔を出した。

「筒井《つつい》さん、おつで～す」

その声に、

「おつかれ～」

と私は軽く右手をあげる。その指先では、グリーンの蛍光ペンが揺れている。ずいぶん前から握りしめていたせいで、すっかり温まってしまっていた。隼人がそれにちらりと目をやってから軽く頷く。エレベーターホールへ軽快に歩いていく背中を見送りたい気持ちをぐっと抑えながら、ＰＣに向かった。こみ上げる笑みが社内の他の人に見られないように、唇の上と下を口の奥に引き込んだ。

　グリーンのペンは《あとで家に行くね》。オレンジなら《外で待ち合わせしよう》、ピンクは《今日は自分の家に直帰》。二人で決めた合図だが、オレンジ色のペンをかざすことはほとんどない。外で会ったり食事をしたりしないのは、会社の人に見つかるからという理由だけではない。隼人が外食を好まない、と知ったのは付き合ってから少したってからだ。

　三〇一号室の前でチャイムを鳴らすと、すぐにガチャリとドアが開いた。すっかり上下スエット姿になった隼人が顔を出す。もうシャワーも浴びたようだ。いつもはワックスでかき上げている前髪が濡れて、目にかかっている。

「奈津《なつ》さ～ん。お腹空いたよ～。今日は何？」

　隼人は子犬のような無邪気な笑顔を見せる。

「夏野菜が安売りしとったけん、マーボー茄子《なす》」

「わ～い」

　後ろから絡み付いてくる。

「もお、じゃま」

それを軽くいなして、私はキッチンに立った。そして冷蔵庫の横にかけてあったエプロンを腰に巻いた。

背中に少しかすれた隼人の声が届く。

「奈津さんのそういうところ、好き。カッコイイ」

私は「ふん」というように鼻を鳴らしてみる。

「あの社内で憧《あこが》れの的の筒井さんが、俺のために料理を作ってくれよっちゃもんね」

「また、大袈裟《おおげさ》やねー」

「だって櫻井《さくらい》も『筒井さんいいよなあ』ってしょっちゅう言いようよ」

広報チームに所属している櫻井は、隼人の同期だ。結婚が早かったこともあって、もう二児の父親だと聞いている。

「俺の彼女っちゃん、って自慢したいのを抑えるのが大変なんやけん」

言ってもいいのに……。

そう口から出そうになった言葉を、テレビから届いた華やいだ音がかき消した。スポーツ観戦が趣味の隼人は、CSのスポーツチャンネルを契約しているので、ほぼ毎日何らかのスポーツを見ている。今日はプロ野球が休みの月曜だから……と期待していたのに、テレビの向こうでは、海外からはるばる電波に乗って、大リーグが中継されているようだ。

食事なんてスーパーの出来合いだっていい。テレビを見ながらコンビニのパンやホットスナックを食べたって構わない。二人で過ごすってそういうことじゃないか。そういう時間が楽しいんじゃないか。それなのに――。

「あ！　惜しい!!」

テレビの画面に向かって声をあげている姿にため息を漏らす。肩を落としたのがばれないように、頭をぐるりと回した。コキッと首が鳴った。

四大卒の私と大学院まで行ってから就職した隼人では実年齢では三歳差だが、入社年から見ると隼人は私より五期下になる。はじめて会った人でもすぐに打ち解けられる人懐っこさと、根気づよい仕事ぶりが好感を持たれるのか、営業成績はかなりのものだ。明るい性格はその場の雰囲気も和《なご》やかにする。男女ともに信頼を寄せる人が多い。

そんな彼から声をかけられたのは、春先のことだ。うちの会社は電算システムの構築を請け負っているＩＴ企業だ。取引先は食品メーカーや外食の店舗を運営する中堅どころが多く、日常業務が稼働していない時間帯を見計らってシステムの入れ替えやバージョンアップをしなくてはならないことが多い。その日も翌朝までにデータの更新をしなければならなかった。数時間で終わると思っていたのに、ちょっとしたエラーが見つかった。作業は深夜二時まで続いた。ある程度の目処《めど》がたったところでリフレッシュブースに行って、コーヒーメーカーからプラスチックのカップに茶色い液体を注いだ。喉《のど》を通るコーヒーは煮詰まっていて、強い酸味が疲れた脳を刺激する。フロアには私ひとりだと思っていたから、気を抜いていた。

「あ～」

と声を出して伸びをしたら、反らした頭の向こうに、灯りが見えた。そこからびっくりしたように顔を覗かせていたのが隼人だ。目が合って、一瞬の間があった。それから私はくるりと振り返って、隼人の席のほうに向かった。

「中山《なかやま》くん、いま、私のあくび見てたでしょ」

「いやあ。いつもてきぱきしている筒井さんでも、そんなふうにリラックスすることあるんですね」

そう言ってえへへと笑う。

「こんな時間まで残業すか？　システムは大変ですね」

「それはお互いさまでしょ」

隼人のデスクには表やグラフが印刷された資料が何枚も置かれていた。

「明日の会議の資料作っていたら、ドツボってしまって。それより夕飯食べました？」

「まだだけど」

昼すぎにデスクで作業しながらコンビニのおにぎりを食べたっきりだ。一段落したら、と思っているうちにこんな時間になってしまった。

「じゃあ、これから行きませんか？　自分も腹ぺこで。この時間だとラーメンくらいしかないですけど」

照れくさかったが、嬉しかった。密かに想いを寄せていたのは私のほうだからだ。

それから仕事帰りに一緒に食事をすることが何度か続いた。休みの日にはじめて二人で出かけたのは、隼人がファンだというソフトバンクの公式戦だった。野球には詳しくなかったが、子どもの頃、両親に連れられて球場に足を運んだことは何度かある。ベンチで黄色の風船を弄《もてあそ》びながら、当時のことを思い出す。

「秋山《あきやま》がホームラン打ったんよ。父が興奮して大騒ぎしよったもん」

「まじで！　それってダイエー時代やろ。俺がよく見るようになったのは秋山が監督になってからやけんなあ」

たかだか三つの年の差だ。でもこうした違いがいかにも「年上のお姉さんと話している」という気分がするらしく、隼人は嬉々《きき》としている。私はそれをもっと盛り立てるように、懸命に記憶の中から見聞きした名前を掘り起こす。

「松中《まつなか》や城島《じょうしま》とか」

「いいなあ～。松中の全盛期を知っとーなんて」

そう言って目を輝かせる。

「こうやって野球の話ができる女性って、いいよなあ。ルールどころか、セ・リーグとパ・リーグの違いがわからん子やったりすると興醒《きょうざ》めやけん」

その帰り道、地下鉄の入り口まで来たところで隼人が俯《うつむ》いたままぽつりと言った。

「俺の家、この近くなんです。寄っていきませんか？」

正直、慣れない野球観戦で疲れていた。早く帰って、ゆっくりお風呂にでも浸かりたかった。

「う～ん、また今度ね」

それが隼人に拍車をかけた。

「筒井さん、じらさないでください。俺の気持ちわかってますよね」

「まあ。でもはっきり言ってもらわないと……」

緊張感のある間があった。隼人が私の正面に回る。心臓の音が自分の中で地響きのように揺れた。

「筒井さん……奈津子《なつこ》さんのことが好きです」

はしゃがないように、落ち着いて落ち着いて。そう自分に言い含めながらも、声がうわずる。それがバレないように、喉の奥で咳払いをした。

「私も……」

こわばっていた隼人の声が弾んだ。

「ってことは彼女になってくれるってことでいいんですよね?」

私は小さく頷く。隼人の顔に無邪気な笑みが広がる。かと思ったら次の瞬間、急に眉間にしわを寄せたような険しい表情に変わった。

「くそ～っ。せっかくの告白をこんな道ばたでするなんて……」

頭を抱えて身悶《みもだ》えする姿は、まるで駄々っ子のようだ。「萌《も》える」ってこういうことを指すのだろう。私は姉御らしいトーンを最大限に発揮させてみる。

「なになに?　夜の公園でキスでもしたかったのにって?」

隼人が口を尖らせて大きく頷く。

「終電まであと二十八分。じゃあ、走ろっか」

私の声を合図に地下鉄の入り口を通りすぎて、裏通りに回り公園を目指す。思いっきり走ったら息切れがした。嬉しくて可笑しくて、ふたりでケタケタ笑った。欅《けやき》の街路樹の下で短いキスをした。

年上の彼女。年下の彼氏。年下だけど、頼りがいがある。いつもは甘えているけれど、いざという時は自分がリードする。その程よさが隼人の理想としている関係だ。それを外れることのないように、私は年上の彼女としての役割を果たしていく。この関係がずっと崩れないように、注意深く、慎重に。

出社前、珍しく隼人から、

『今日は友達と約束があるから』

とラインが来た。帰り際にいつものように私のブースに顔を出したので、私は《自分の家に直帰しますよ》の合図のピンクのペンを振った。

隼人と付き合いはじめてもうすぐ三ヶ月になる。最初の頃は一緒に過ごすのは週末くらいだったのだが、次第に隼人の家で過ごす頻度が増えていった。下世話な言い方をすれば「半同棲《はんどうせい》」ということになるのだろうが、私たちの場合はその言葉のイメージするものとは少し違う気がする。

この関係がそのまま「一緒に住む」に繋がったり、ましてや「結婚」になるような気配はない。ただ、お互い一人暮らしだ。一緒にいるほうが何かと都合がいいから、なんとなく会社帰りに隼人の家に行く。そのまま泊まって、翌朝は着替えのためにいったん自分の家に戻る。そんな日々の繰り返しだ。

隼人の家に着替えを置いたりしないのは、いい加減なずぶずぶした関係になりたくない、という彼の理想の形だからだ。そうやって私は理解あるよき「年上の彼女」を演じ続ける。

　今夜は一人か。そう思ったら、寂しいよりも浮き立つ気持ちが先だっていた。

「筒井ちゃん、今日は早いじゃないの」

　システム管理部の鈴木《すずき》係長が声をかける。私の一期上の先輩だが、出世が早いのは性別のせいだ、とまことしやかにささやかれている。男女平等なんて名ばかりだ。

「今日はインプットデー。たまにはいいもの見て、美味《おい》しいもの食べて吸収しないとですよ」

　ネイビーのカシュクールワンピースの裾《すそ》を整えながら言う。巾着《きんちゃく》型のベージュのミニショルダーを肩にかけて、

「お先です」

　と声をかけ、足早に会社をあとにした。

　まずは天神のデパートに寄る。服を一通り見たあと、アクセサリー売り場でちょっと気になるバングルを見つけた。それから解体中の福ビルの前から美術館行きのバスに乗った。福岡市美術館は週末は二十時まで開館している。ちょうど現代の水墨画作家の展覧会中のようだ。金曜の夜だ。天神は華やかな光に満ちている。

「さて何食べようかな……」

展覧会に行くというのに、そのあとのディナーのことばかり考えている自分に可笑しくなった。

付き合いはじめの頃は、隼人が積極的にグルメサイトをチェックしてくれ、いろいろな店に出かけた。珍しい日本酒が揃っているという小上がりのある店で日本酒を飲みながら、

「こんな風に一緒に過ごしたいって、ずっと思っていたんです」

そう言って私の手を握った。隼人は付き合いだしてもたまに私に対して敬語を使う。そうやって「年上の彼女」を満喫しているようだ。

「奈津さんの手料理、食べてみたいです」

会社帰りに隼人の家を訪れることが習慣的になりつつあった頃だ。面倒だな……。そう思ったけれど、料理を振る舞うことは、結婚というひとつのゴールに近づく気がした。焦っているわけではないけれど、私も秋が来れば三十五歳だ。無論全く意識していないわけではない。

「じゃあ冷蔵庫にあるものでちゃちゃっと作るね」

隼人の好みそうな言葉を選んでそう答えると、眩《まぶ》しそうな目つきで、

「やっぱり奈津さんカッコイイ」

と言われ、私も心地がよかった。

「奈津さんがアイロンかけてくれたシャツだ、って思うとドキドキする」

Yシャツなんてクリーニングに出しても百円代だ。夏のアイロンがけは特に面倒だった。でも私は家事が得意なふりをし続けた。やがて、週末になるとソファの上に洗濯物が積まれるようになった。

「アイロンかけるの溜《た》まっちゃったよ」

いつからこれが私の仕事になったのだろうか。その隣で隼人はテレビを眺めていた。


一年で最も日が長い季節とはいえ、美術館を出る頃には、すっかり外も暗くなっていた。隼人と付き合う前にはよく行っていた天神西通りのソラリアの中にあるカフェはもう閉店時間を過ぎている。スマホでチェックしてみても、オススメがありすぎて、どこがいいのか決めかねる。外食検索アプリで「ひとりでも」という項目にチェックを入れると薬院にある店がいくつかヒットした。六本松《ろっぽんまつ》から七隈《ななくま》線に乗って、薬院大通で降りる。特にこれといった店の目処《めど》もたてずに適当に歩いているうちに裏通りに紛れ込んだ。

こんな行き当たりばったりな時間の使い方は、いつぶりだろうか。そんな風に思いながら、空を見上げると、雲の狭間からぷっくりと膨らんだ月が顔を覗かせていた。路地の入り口に小さな看板が出ていることに気付いたのはそのときだ。

《ひとり時間のちょいごはん　どうぞ》

黒板にチョークで描かれたやさしい文字に心が躍った。私はいそいそと看板の横から続く細い階段を上っていった。

店内から楽しげな声が漏れていた。ドアのガラス窓から窺ってみると、テーブルに座った女性客が、店主らしき女性とにこやかに会話をしているのが見えた。奥を覗くと、窓に面したカウンター席でビールを片手にタブレットに目を落としている女性と、急須と湯のみを脇に置いて、紙にペンを走らせているジャケット姿の女性。どちらもひとり客のようだ。まさに《ひとり時間》にぴったりだと安心して重いドアをゆっくり開ける。

「いらっしゃいませ」

女性客と話していた店主がにっこりと微笑んで出迎えてくれた。白いシャツにエプロン姿。眉の上でぱっつりと切った前髪、いわゆるオン眉のヘアスタイルがよく似合うキュートな女性だ。テーブル席がひとつとあとはカウンターだけのコンパクトな店内は、ほどよく照明が落ち、開いた窓からは外の喧噪が静かなさざ波のように聞こえてくる。カウンターに座っていた先客に軽く会釈をし、空いていた右端の席に座る。タブレットの女性は仕事帰りだろうか、紙袋から書類の束が顔を覗かせている。顔を上げてかすかに微笑んでから、またタブレットの上で静かに指を動かした。画面上に工事中の建物の写真が見えた。建築家かあるいは店舗の運営などを手がけている人かもしれない。ひとつ席を空けた奥の女性は、時折、ポットから急須に湯を入れている。そのたびにお茶のいい香りがこちらまで漂ってくる。手元に置かれた用紙は便箋《びんせん》と封筒のようだから、誰かに手紙を書いているようだ。

「こちらがメニューになります」

おっとりとした口調で店主から手渡されたメニュー表には、おつまみではなく《こつまみ》というかわいらしいネーミングの盛り合わせを中心に、ほどよく厳選された料理や飲みものが並んでいる。本日の「こ」つまみは、エビと水菜のすだちサラダ、アンチョビチーズソースの鶏肉ソテーに……

「これ何ですか？『とうもろこしだけ』っていうキノコがあるんですか？」

こつまみの書かれた黒板には「とうもろこしだけの天ぷら」とある。「トウモロコシ茸《だけ》」というキノコの一種だろうか、と質問してみると、店主は眠そうだった目を一瞬見開いて、パチパチと目をしばたたかせてから、ああ、という表情になって、

「他の食材を入れないで、とうもろこしだけで作った天ぷらってことです」

と笑った。なるほど、そう言われて見直すと、そうとしか見えない。だまし絵を見せられたような気分だ。一面だけしか見えていないと、わからないことはあるものだ。

しばらくすると直径五センチくらいの瑠璃《るり》色の小皿にのったサラダが置かれた。湯がいたむきエビの朱色と水菜の黄緑色の取り合わせが鮮やかだ。すだちの薄い輪切りがてっぺんにちょこんとのっかった姿もなんだか微笑ましい。箸《はし》でつまんでみると、水菜のシャキッとした食感にエビの旨《うま》みとすだちの酸味がほどよくミックスされ、素材のよさを引き立てあっている。うん、うん、と頷きながら食べていると、

「器が熱いので気をつけてくださいね」

と、今度は手のひらほどの小さなスキレットがコルクの鍋敷きとともに運ばれてきた。一口大の鶏肉が数個、溶けたチーズの中でまだジュージューと音を立てている。湯気とともに口に入れると、アンチョビの塩気が利いたチーズソースの香ばしさに驚かされる。

「美味《おい》しい！」

感激のあまりキッチンのほうを向くと、揚げ物のパチパチいう音を遮るように、店主が、

「ですよね～」

と自慢げに胸を張った。最後は楽しみにしていた「とうもろこしだけの天ぷら」だ。

店主がそろりそろりとした足運びで持ってきたのは、小皿の中でコロコロと転がりそうになるのを、用心していたようだ。黄色のボール状のものが二個、皿の上で仲良く寄り添っていた。どれも女性がひとりで食べるのにちょうどいい分量に設定されていてありがたい。

「お好みでお塩も……」

と、これまたびっくりするくらい小さな豆皿にのった塩を、横に置いてくれた。サクリという音を立てた天ぷらは、シンプルな見かけなのに、とうもろこしの甘みがぎゅっと凝縮されている。目を丸くしていると、

「甘いんですよね」

とまるでこちらの心を読んだかのように、店主が声をかけてきた。

「すっごく！　お砂糖とか入れてるわけじゃないんですよね」

と驚く私に、

「生のままのとうもろこしを使っているんです。粒だけ取り出して、小麦粉と水と混ぜて揚げただけなんですよ」

歌うような口調で店主が言う。あれこれ手を加えず、そのままを生かしたほうが、本来の美味しさになるのだ。人間関係もそうなのかもしれない。余計な小手先など加えず、素直にありのままでいたほうが、案外うまくいくのかもしれない。そんなこと

を思った。

「ねえねえ文さん、サッカーって見に行ったことある？」

木のテーブルに座っていた女性客だ。気さくに店主に話しかけているのを、なんとなく顔だけ振り向いて目をやる。二十代の後半くらいだろう。淡いクリーム色のノースリーブのマキシワンピースに、袖《そで》を通さずに肩に羽織った薄く透けるパールグレーのカーディガンの首元をいじりながら会話を続ける。

「テレビでしかないですね〜」

天然なのか、眠たいのか、文さんと呼ばれた店主はのんびりとした様子で答える。

「スポンサーさんからの招待券が回ってきて、今度、会社のみんなでアビの試合観戦に行くっちゃんね」

その言葉に私は敏感に反応した。くるりと体ごと後ろに動かし、つい声をかけてしまった。

「それってベススタですか？」

いきなり話しかけたので、ひかれるかと思ったが、ノースリーブの彼女はキュッと締まった小さな顔をこちらに向けて、

「はい、そうです」

と元気に答えてくれた。髪が揺れ、仄かに森の香りのようなパフュームが漂った。

「実は私も今度行く予定なんですが、いまいち行き方がわからなくて」

アビとは福岡に拠点をおくサッカーチーム「アビスパ福岡」のことだ。隼人から来月の公式戦に誘われていた。会場のホームスタジアムは、『ベスト電器スタジアム』、通称ではベススタと呼ぶらしいが、サイトで調べても、スタジアム界隈の土地勘がないせいで、距離感がつかめずにいた。

「公式戦の時には、福岡空港駅の出口からシャトルバスが運行されると思いますよ。それからちょっとかかりますが、駅から歩いていくのも気持ちいいですよ」

ノースリーブの彼女が楽しげに言うと、カウンター席の女性が、

「いま、ちょうどそのあたりを見ていたところですよ」

と顔を上げた。

「お仕事の現場ですか？」

文さんの質問に、

「ええ。建設中の新築マンションなんですが」

と頷きながらタブレットをこちらに見せてくれた。内装などのインテリアデザインをされているそうだ。画面には航空写真と地図が表示されていて、スタジアムと博多駅が一つの画面に収まっている。なるほど、これなら私でも歩けそうだ。

「あ、そうだ。あとスタジアムのテイクアウトブースで売っている和牛やきそばが超絶に美味しいんで、ぜひ」

ノースリーブの彼女が両手を頬《ほお》に当てながら身悶えしてみせる姿に自然と笑みが溢れる。

「莉絵《りえ》さん、詳しいですねえ」

そんな彼女に、文さんが料理を運びながら声をかける。

「う～ん、前はよく行ったんだけどね～。最近はそんなに……。懐かしいなあ」

一瞬、ぼんやりと窓の外に目をやった彼女が、ふと、というように私のほうを向いた。

「もしかしてデートで行くんですか？」

「ええ、まあ」

こんなところで嘘を言っても仕方ない。年下の彼、隼人のことを話す。

「いいなあ～」

と口を尖らせる彼女に、

「莉絵さんもいつかきっとまた、そんな人が現れますって」

と文さんが言う。

「もお、文さん～。いつかっていつ～⁇」

さあ、と文さんがとぼけた表情をする。そのあとで、ノースリーブの莉絵さんが私

のほうを向いて、

「じゃあ、私がとっておきの秘密の呪文を教えてあげますよ」

「え？　なんですか？」

少し間を持たされ、期待が募る。すると莉絵さんが満を持したような表情でおもむろに口を開いた。

「《オフサイドって何？》です」

「ん？」

インテリアデザイナーさんと思わず顔を見合わせた。

「男の人って教えたがり、なんですよ。だからこれを聞けばみんな嬉々として話し出しますよ。テッパンです！」

そういって、握りこぶしを見せた。

オフサイドはサッカーのルール用語だ。隼人と付き合う前でも、大きな国際試合になると、世間の盛り上がりも手伝って、テレビ放映を見ていたりしたが、その際にも耳にしたことがある。でもちゃんとしたルールは知らない。かといってスポーツにあまり興味がないことがバレたらがっかりされてしまうのではないかと、隼人にも聞いたことがなかった。

「男なんて単純なんですよ」

そう言って右手のひらを上に向けて左右に振った。手のひらで転がす……だ。手紙を書き終えたらしい奥のジャケット姿の女性も、にこやかに頷いている。

「さすが莉絵さん、男性の気持ちをよくわかっていますね～」

「ま、それなりに場数は踏んでるんで」

莉絵さんの得意気な表情に一同大爆笑した。こんなに大笑いしたのは久しぶりだな、と思った。


その電話がかかってきたのは、熱帯夜の連続記録が更新された、というニュースが流れたじっとりとした夜だった。暑さに目が覚めてエアコンのリモコンを取ろうと、熟睡している隼人の背中を乗り越えて手を伸ばした。エアコンがＯＮになるピピッという機械音と、隼人のスマホがジージーとじれったそうにバイブレーションしたのはほぼ同時だった。

私が動いたせいか、音が重なったせいか、普段ならそんな物音などものともしない隼人が面倒くさそうに目を開けた。暗闇の中でチカチカと合図を送っているスマホを取り上げ、発信元を確認してから、電話に出た。

「なに？　こんな時間に」

「ちょっと眠れなくて、誰かと話がしたくなっちゃって……」

またた、と思った。甘さと神妙さの入り交じった女性の声が耳元をかすめた。

隼人は半分開けた目を、また閉じて、そのまま夢の中に戻りそうな体勢で相づちを打つ。シングルのベッドで一つの枕で隣に寝ているのだ。電話からの声は漏れる、というよりも一緒に聞いているくらいにはっきり聞こえてくる。

もしここで私が電話の主に聞こえるように《誰からなの？》と大きな声を出したらどうなるのだろう。あるいは電話を取り上げて《かけてこないで》って言ったら。でも私はわずかな音すら漏らさないように、じっと息を詰める。

「もう寝ろって。仕事忙しいっちゃろ？」

「うん。明日もめいっぱい稽古やけん。来月は東京やし」

「がんばれ」

「ありがと。いつもごめんね」

「気にすんな」

プツリと電話が切れる。

突然訪れた静寂の中で、申し訳なさそうにエアコンがジージーと音をたてている。

「全く、相変わらず困ったヤツだなあ」

私に言っているのか、ひとり言なのか、そのどちらとも言えないようなつぶやきを漏らし、隼人がエアコンのリモコンに手をやる。既に冷房のマークが出ているのを見て、安心したようにまた向こうをむいて、やがてすぐに寝息が聞こえてきた。私は隼人に背中を向けたまま、微動だにせずにいた。何事もなかったかのように。

隼人の元カノがかけだしの舞台女優だというのは、付き合いはじめの頃に聞いた。最近は端役ながら、名の通った監督が手がけた映画にも出演したという。

「隠し事は嫌なんだ」

そう言って、以前彼女が出演したという舞台のパンフレットや写真を見せてくれた。華奢《きゃしゃ》で一見小動物のようなかわいらしさだが、尖った目の芯が強そうな女性だった。

「昔の彼女のモノを別れた途端に捨てる人もおるけどさ、それって変だと思うんだよね」

別れた途端に捨てないまでも、新しい彼女が出来たら処分するのがセオリーではないか。でも、私はわかっているふりをした。

「そうだよね。今の隼人がおるのは過去の隼人があるからなんやけん。それをなくしちゃうのは違うよね」

「やろ？　いつも元カノの写真を眺めよるんやったら気持ち悪いけど、そんな訳じゃないんやしさ。もともとあったものを、わざわざ捨てるほうがかえって不自然で後ろめたい気持ちがあるんやないかって」

隼人の言葉に嘘はなかった。彼女の痕跡《こんせき》はベッドの脇の黒のチェストの中に無造作に詰め込まれていて、大切に愛でているふうには感じられなかった。枕元に置かれた本棚の片隅には、その人がオーディション用に吹き込んだというディスクが何枚も積まれて埃《ほこり》をかぶっていた。ラベルには曲名だろうか、ひらがなの「か」の点の書き方が特徴的な、小さな文字が並んでいた。

その人からのラインや電話は定期的な周期ではなく、数日続くこともあれば、何ヶ月か空いて突然くることもある。隼人はそれを包み隠さず全て私に話す。

「ちょっと不安定なところがあるヤツやけん、話は聞いてやらんと」

「うん。話してくれて嬉しかった」

彼の過去なんて知りたくなかった。そのほうがずっと平穏でいられる。でも隼人が話したいならそれを聞くのも私の役目だと思った。

「さすが奈津さんは大人やんね。こういうこと、ちゃんとわかってくれるもん。やっぱり奈津さんってステキな人」

「ありがとう」

何が《ありがとう》なんだろう。《元カノのものなんて全部捨てて》って言えたら。

《もうあの人からの電話には出ないで》って。そして《新しい彼女が出来たから》ってあの人にはっきり言ってほしかった。

「我が儘《まま》なヤツでさ、付き合いよー頃はホントに手を焼いたけんなあ」

嬉しそうな困り顔っていうものがあるんだな、と私は知らない人を見ているように隼人を眺めていた。

八月に入って夏休みを前に職場は忙しさを極めていた。お盆になるとクライアントが休みに入ってしまう。その前にシステムの導入や更新の依頼が相次いでいた。自ずと《直帰する》のピンクの合図が続いた。クライアントの休みに合わせたほうがいい営業の隼人と先方が休みのうちに作業を進めておきたい我々システムの実働部隊とでは、夏休みの時期もずれる。同じ会社にいるというのに、いや同じ会社にいるからこそ「彼氏と旅行」なんていうことも出来ない。

仕事の谷間で少し早めの時間に上がれた。隼人は今日は定時で上がって、さきほどブースの前でグリーンのペンを振ったばかりだ。会社の自動ドアを出たところで隼人にラインを送る。付き合っていることが社内の人にバレないようにと、職場でのラインやメールでのやりとりは最少限にしているが、いったん外に出ればそれも解禁だ。

『これから行くね』

即座にユニフォーム姿の黄色い鳥を模したキャラクターがバンザイをしたスタンプが届いた。ホークスのキャラクター・ハリーの公式ラインスタンプだ。

まだ早い。今日はこの間見つけた、薬院の店——文月に誘ってみようか。そう思っているうちに、

『久しぶりに奈津さんのごはん食べたいなあ』

と続いた。

それを既読にして、ふっと息を吐いた。返事はしなかった。

スーパーでの買いものを終え、白いマンションが見えたあたりで、スマホが光った。

『ちょっとビール買ってくるから、入っててください。カギは開けてあります』

駅前のスーパーには隼人のお気に入りの銘柄のビールが置いていない。駅とは逆方向にあるコンビニに買いにいくのだろう。エレベーターのないマンションを三階まで上って、カギのかかっていない部屋のドアを開ける。合カギは貰《もら》っていない。そんな関係はカッコわるい……らしいからだ。

誰もいない部屋では、つけっぱなしのテレビが賑やかな灯りを放っていた。ローテーブルには、読みかけの雑誌やＤＭが無造作に置かれていた。その中に一枚のハガ

キが紛れていた。ひらがなの「か」が特徴的な小さな文字が並んでいた。

読んではいけない……と思いつつも、目が離せない。立ちすくんだ姿勢のまま読んだその文章は、暗記できるほどの短さだった。

「この間はありがとう。中洲川端《なかすかわばた》のフレンチごちでした。千秋楽のあとは吉冨《よしとみ》寿しがいいな～」

舞台の写真が印刷されたそれは、差し入れを貰ったり、来場した関係者などに送る、公式のハガキのようだった。出演する博多座の公演に行ったことは聞いていた。でも、フレンチ、お寿司……。

私とは外で食べないのに。スーパーの袋から、皮に包まれたトウモロコシのヒゲが飛び出している。この間、文月で教えて貰ったメニューを作ってみようと思っていた。それでお店にも興味を持ってくれたらと思っていた。その一方で、

「外で食べたものを再現できるなんてステキだ。こうやって家で食べるのが一番おいしいかー」

そう言う隼人も容易に想像できた。ソファの上にはこれから私がアイロンをかけるべきシャツが何枚も積まれていた。ビールを買って戻ってきた隼人に頬《ほお》を伝う涙が見つからないように、私は急いで洗濯物を畳む作業に取りかかった。

お盆期間の職場は、いつになくのんびりとした空気が流れている。手つかずになっていた事務処理も済ませ、ついでにデスク回りの整理をしても定時まで間ができるくらいのゆとりだ。人も車もまばらな天神を歩くと、人口ってこのくらいがちょうどいいんじゃないか、と思えてくる。

隼人は今週末まで鹿児島の実家に帰省中だ。ならば文月で夕食……と思って新天町《しんてんちょう》の入り口あたりまで来てから、念のためとお店のインスタグラムをチェックしてみる。案の定、今日はお休みだ。

「三日月から満月までって言っていたっけ……」

スマホで月齢をチェックしてみたら、今日は新月と表示された。そう言われてみれば空が暗い気がする。ムンッとするような熱気ばかりが充満している屋外から逃げるように、パルコの中に入った。地下のカフェレストランで食事をしても、まだ閉店までには時間があるようだった。普段は若者の店、と思って訪れることも少ない。エレベーターに乗って、上階へとあがってみる。適当に降りてブラブラしているとCDショップが目に入った。店頭に昨秋公開された映画のDVDが並んでいた。

「これって……」

隼人の元カノが出演したという作品だ。パッケージのクレジットには主演のほか主要なキャストの名前は書かれていたが、端役だという彼女の名前は見当たらない。私はそのパッケージを握りしめたまま、レジへと向かった。

家に着いて、着替えもそこそこに、私はパッケージのセロファンを乱暴にはがした。プラスチックのケースを開くと、ディスクと一緒にケースと同じサイズのブック型のパンフレットが入っていた。

場面の写真やキャストやスタッフのインタビュー、その最終ページに驚くくらい小さな文字で、クレジットが印刷されていた。その真ん中より少し下、キャストの欄で言えば後ろから三行目のところに、その名前を見つけた。

その瞬間、私の中で何かが噴き出した。パンフレットの最後のページを破り取り、ぐちゃぐちゃに丸め、壁に向かって投げつけた。力なく転がったそのボール状のものを拾い上げ、一度丸めたものを広げて、今度はビリビリと破った。エアコンの風を受けて、それは紙吹雪《かみふぶき》のようにハラリと舞った。それからディスクを手に取って、左右の手で折り曲げた。思いのほかあっけなく、それはパカリという音をたてて半分になった。床に放り投げた割れたディスクがキッチンの照明を反射してテラテラと輝いた。

体育座りの姿勢で顔を膝に埋めたまま、涙と動悸《どうき》がいつまでもいつまでも止まらなかった。

――嫉妬《しっと》なんて感情、なくなればいいのに……。

隼人が望むような理解のある大人だったらどんなによかっただろう。感情をコントロールすることすらできない自分が情けなかった。

お盆休みの最終日に三日月があらわれ、ようやく文月が再開した。開店早々の時間に訪れると、店主の文さんが、

「すみません～。準備がまだ途中で」

と恥ずかしそうな顔を見せた。

「早く来ちゃってすみません」

「いえいえ、私がいけないんですよ。ノロノロしていたせいで」

「急いでないので、ゆっくりで大丈夫ですよ」

そう言うとぺこりと頭を下げた文さんが、ふと思いついたように振り返った。

「じゃあ、待っていただいている間、お手紙なんてどうですか？」

「手紙？」

「ええ。毎月二十三日の《ふみの日》には、レターセットのサービスをしているんですが、今日はお待たせしちゃっているお詫《わ》びで……」

そういえば、外の看板に《本が読めて手紙が書ける店》と書いてあった。以前来た時も、一人で静かに手紙をしたためている人がいたことを思い出す。

「手紙かあ。なかなか最近は書かないですよね」

「ですよね～。メールやラインが便利すぎて。でもたまにはいいものですよ」

そう言われて便箋が三枚渡された。ペンのフタを開ける。

《隼人へ。今度一緒に文月に行きたいな。フレンチやお寿司も……》

書きかけて、便箋を一枚畳む。いや、ここはいっそ、

《○○さんへ。私は隼人の彼女です。もう彼には連絡しないで……》

少し考えてから、また一枚畳む。そして最後の一枚が残った。

「お待たせしました～。ご注文どうぞ～」

文さんがのんびりと声をかけてくる。

「すみません、せっかくいただいた便箋、二枚も反故《ほご》にしちゃいました」

「あ、もっと使います？　何枚でもおっしゃってください」

「いえ、最後の一枚にちゃんと書けたので大丈夫です」

頷いてから、渡されたメニューに目を向けた。


まさにサッカー日和《びより》というような青空が広がった。福岡空港駅の改札で待ち合わせをして、競技場までは歩いていった。二十分ほどで辿り着いたスタジアムは、グリー

ンが目に眩しく輝いていた。

試合は両チームがゴールを決め合う、白熱した展開となった。隼人も前のめりになって応援している。

「見た？　見た？　今のオーバーヘッドシュート。超かっけ～！」

興奮気味にこちらを向く。かわいいな、素直に思った。そうだ、と思って、試しに言ってみる。

「ねえ、隼人」

「ん？」

「オフサイドって何？」

「へ？　奈津さん、オフサイド知らんでサッカー見とったと？　今度ちゃんと教えてあげるけん」

そう言って嬉しそうに私の膝をポンポンと叩《たた》く。ホントだ、莉絵さんの言ったとおりだ。彼女がやっていたように、手のひらを上にしてコロコロと転がす仕草をしてみせる。でも隼人はそんなことにはもちろん気付かない。

勝手に思い込んじゃいけないな。一面だけを見ていちゃ成長しない。文月のメニューの「とうもろこしだけの天ぷら」を思い出して私はプッと噴き出す。

試合展開がめまぐるしく変化している。一瞬たりとも目を離すまい、と言わんばかりの隼人の横顔を見ながら、私は脇に置いた白い厚手の帆布でできたトートバッグを引き寄せた。中に手を入れ、ギンガムチェックのナプキンに触れた。「今朝、早起きして作ったスタジアムで食べるお手製のランチ」という名の、きっと隼人が喜ぶであろうそれに。

と、その時だ。スタジアム内の観客が一斉にわっと沸き立った。アビスタの選手のシュートが決まったようだ。沸き立つ声援の中で、私はバッグの中でつまみ上げていたお弁当包みの細結《こま》びをそっと離した。代わりにヌメ革の茶色の長財布を握りしめた。

「和牛やきそば買ってくるけん。超絶美味しいとって。あと売り子さん待ってるより早いけん、ビールも買ってくるね」

きょとんとした表情の隼人を残し、私はスタジアムの外周にあるフードコートへ向かう。隼人を好きな気持ちはこの先もきっと変わらない。でも、わかったふうな年上の彼女を演じるのはもうやめよう。素直な気持ちのまま、自分らしくいたい。スタジアムから流れる心地いい風が私をすり抜けていく。

《ちゃんと強くなりたい。》

あの手紙にしたためた自分へのメッセージがいつかきっと届くように。

二年目のてんとう虫

会議室がガラス張りになって、明るくなった。と同時に落ち着かなくなった。廊下を歩くすべての人に見られているような気がするからだ。僕がソワソワとしながら、何度も目を通した机の上の資料を、開いてみたり、置き場を変えたりしていると、廊下の向こうから三浦部長が歩いてくるのが見えた。

「約束の時間過ぎてるでしょ。呼びに行ったら？」

ロの字形に置かれた長テーブルの正面のど真ん中の椅子《いす》をひきながら、部長が顎《あご》をくいっと前に突き出した。ドアから見て右側の壁にはデジタルの数字が映し出されている。天井に備えつけられたプロジェクターが投影している時計の文字盤だ。十三時をわずかに過ぎたところだ。

「自分が遅れてきたくせに……」

と心の中だけでつぶやき、僕はガラスに囲まれた会議室を出て、エレベーターホールに向かう。ホール前の待ち合い用のソファに座っていた紺のスーツ姿の女性が僕の顔を見て、すくっと立ち上がった。

「お待たせしました。河嶋《かわしま》さんですか？」

「はい」

履歴書によると、四十五歳で高校生と中学生のお子さんがいる、とあったが、正直女性の年齢はよくわからない。ショートヘアですらりと背が高く、口元をキュッと結んだ姿は溌剌《はつらつ》とした印象だ。やや緊張した面持ちの彼女を会議室に案内する。室内に入る前に、チラッと中の様子を見ると、三浦部長はつまらなそうな表情で肘をついていたが、こちらを見て、あわてて書類に目を落とすふうを見せた。丸見えだというのに、形ばかりのノックをすると、

「どうぞ」

と中から声がかかる。河嶋さんを席に促し、自分も部長からひとつ空けた席に腰をおろした。

「この方、よさそうですね」

河嶋さんを見送って、会議室に戻ると、部長は早々と書類をまとめ、部屋を出ようとしていた。

「条件的にも問題ないですし、午前中にいらした方よりも明るくて、社内のみんなも声をかけやすいんじゃないでしょうか」

この河嶋さんで面談は五人めだ。昨日面談した三名は、勤務時間に制限があったり、条件はよくても、おとなしすぎる印象の方などで、採用決定するまでに至らなかった。今日の一人めの方が、まあ頃合いかな……と思っていたところ、「ちょうどいい」と思える方に出会えた。人の巡り合わせは面白い。人事の仕事をして知った奥深さだ。

「水科《みずしな》が使うんだから」

……俺は誰でもいいよ。

という語尾が、伸びと一緒のあくびに混じって聞こえた。三浦部長にとっては、この増員を無駄な出費くらいに思っているのだろう。社内に専任のベビーシッターをひとり置くことが、子育て中の社員にとってどんなに大きなことなのか、子育てをすべて専業主婦の奥さんに任せてきた前時代的な部長にわかるわけがないのだ。

僕が半分呆《あき》れながらも、会議室の片付けをしていると、ガラスの向こうに、廊下をスキップするように歩いてくる姿が目に入った。すぐに声をかけたかったが、会議室は机も椅子ももとあった通りに戻しておかないと、あとで総務からチェックが入る。この無駄に近代的な新社屋に変わってから、やたらと面倒なことが増えた。手早く整頓して外に出ると、スキップの後ろ姿に間に合った。

「鈴《すず》さん！」

「おお、水科くん。面談終わったの？」

肩までのボブヘアをそのままに、前髪だけをちょんまげのようにキュッとひとつに結んでいる。全開にしたおでこがいつもよりも幼く見せている。どうだった？　と目を覗かれた。

「はい、なんとか」

正面からしっかり見つめられてドキドキしたが、平静を装いながら答える。

「いい人いた？」

「ええ。僕的にはいいな、と思っているんですが……」

「三浦が文句言ってるの？」

鈴さんが、容赦《ようしゃ》なく部長を呼び捨てにしながら顔を寄せてくる。慌てて体をひく。

「文句っていうか、関心がないみたいで、誰でもいいよって感じなんで困りますよ」

「はいはい。いつものその感じね。どうせお伺いたてても埒《らち》があかないんだから、水科くんがいいと思ったら決めちゃったら？」

「そうですよね」

鈴さんに太鼓判をもらってホッとした。寺林鈴音《てらばやしすずね》さんは、僕の所属している人事部の先輩だ。人事歴十二年めのベテランで、自然体でのんびりした印象なのに、大量の仕事を魔法のように切り盛りできる。そのギャップがとても魅力的な女性だ。三浦部長の前任者である下田《しもだ》さんは鈴さんのことを「スルメ」のようだ、と評していたけれど、噛《か》めば噛むほど味がある……という意味に激しく同意できる。やっぱり頼れる先輩だなあと、僕は軽快に前を闊歩《かっぽ》していく姿を眺めた。

求人情報誌からスタートした我が社も、時代のニーズによって扱う内容も変わってきた。今は企業のサイトの作成と管理が中心だが、ここ最近はエコバッグや扇子などエコロジー寄りの生活雑貨の商品開発なども手がけるようになった。おのずと企業イメージも重視されるようになり、この春から大々的に社内改革が進んでいる。社屋の老朽化による引っ越しをきっかけに、社内の一室を託児ルームとして開放し、そこにベビーシッターを派遣する制度を導入した。子育て中の社員が、残業予定のある日や、保育園に預けられない日に前もって予約をしておけば、その日時に合わせて契約している派遣会社からシッターさんが派遣されるシステムだ。これが作られてから育休明けの母親第一号になったのが僕の同期の高梨《たかなし》胡桃《くるみ》だ。この制度によって、育休を短縮したり、時短しながらも働く道を選ぶといったママさん社員の選択肢が少しでも増えることが期待される。これまで保育園の空き待ちでなかなか復帰できなかった人にとって、わずかながらもハードルが下げられたことになったのだとすれば嬉しい。

軌道に乗ってきたことで、もう一歩進めるために、託児ルームに専属のシッターさんを常駐させることになった。仕事の予定は流動的だ。なかなか前もって、というわけにはいかないことも多い。常駐のシッターさんを雇用すれば、もっと安心して仕事に集中できる。仕事の効率と社員のやりがいを考えれば、決して無駄な投資ではない。出産後の復帰を希望している社員と高梨はじめすでに復帰しているママさん社員を合わせると、現時点では四、五名といったところだ。彼女たちに対応できるよう、派遣制度と併用しながらも、フルタイムで働ける人を一名募集していた。今後、ますますニーズが増えていくことを鑑《かんが》み、ゆくゆくは増員をしたり、残業時間にも対応できる人を雇いたいと考えている。軽く頷いていると、

「きゃ〜、みくちゃ〜〜〜ん♡」

鈴さんがいつものテンションを十倍、いや百倍くらいにあげた声を出した。

「わあ鈴音さん！　みく〜、鈴さんだよ〜」

高梨が長女のみくちゃんを抱きかかえて、小走りにこちらに向かってくる。

「今日、旦那《だんな》ちゃんがお迎えの日だったんだけど、急な仕事が入ったらしく行けなくなったって言われちゃって。今日は残業覚悟でスケジュール組んでいたから、連れてきちゃいました。でも横に置いて仕事もできないから、やれることだけやって帰ります。事前にわかっていればシッターさんの予約したんですけどね」

申し訳なさそうに言うが、こうしてたまにみくちゃんが来ると「おかえり」という気持ちになるのが不思議だ。

「みくちゃんがくると、ついつい仕事そっちのけで見にきちゃうよね〜」

鈴さんがみくちゃんの頭を撫で回しながら言う。そんなことにすっかり慣れっこになったみくちゃんは、ケタケタとかわいらしい笑い声をあげて喜んでいる。

「仕事のじゃましちゃってますね〜」

と高梨が苦笑いする。

「いや、それが不思議なもんで、託児ルームが出来てからのほうが、会社の雰囲気はもちろん、実績もよくなってるんですよね」

鈴さんに同意を求めると、

「そりゃそうでしょ。ちょっとした息抜きにもなって、仕事が捗《はかど》るし、なんと言っても、こんなかわいい子がいれば、癒しにもなるんでちゅよね～」

最後は赤ちゃん口調でみくちゃんのぷにっぷにのほっぺたを人差し指でツンツンとつついて鈴さんが言う。

「これで専属のシッターさんが来れば、盤石ですよね」

さきほど面談を終えた河嶋さんは、来週から来てくれることになるだろう。満ち足りた気分でいると、

「いやいや、それで完璧だって思っちゃダメでしょ」

早速ダメだしされた。

「だってみくちゃんのお熱の時には、結局、胡桃ちゃんが休むことになったんだもんね～」

鈴さんが高梨の肩に手をやって言う。先月のことだ。昼すぎになって、保育園から連絡が入り、高梨はあわてて半休を取って迎えに行っていた。

「とはいえ社内で病児保育まではさすがに難しいですよね」

高梨が諦めたようにつぶやく。でも仕方ない、ですませてしまってはいけないと思う。

「社内では難しくても、訪問型の病児保育を利用できる制度をつくったり、地元の病児保育室と連携が図れたりするといいんですけど……」

「それいいアイディア！　早速、今度の会議で議題にしてみようよ」

「そうですね」

僕が力強く頷くと、高梨がそういえば、といったふうに、

「鈴音さん、来週あたり文月行きません？　水曜なら旦那ちゃんがノー残でみくを見てもらえるんで」

「水曜？　全然オッケー」

高梨の弾んだ声に、鈴さんがドヤ顔でオッケーマークを作る。

「文月のインスタにてんとう虫のお酒がアップされていたんで、急に行きたくなっちゃったんです」

文月は薬院にある隠れ家的なお店だ。カフェのような食堂のような、そのどっちとも言えないような、独特な雰囲気がある。高梨の幼なじみがその店の一階で書道教室を主宰しているらしく、僕も何度か連れて行ってもらったことがある。ラベルにクローバーとてんとう虫のイラストが描かれた春限定の日本酒は、福岡県中部の大刀《たち》

洗町《あらいまち》にある蔵元が季節限定で醸造している純米吟醸《ぎんじょう》酒で、鈴さんのお気に入りだ。

「やっほ～」

鈴さんがスキップしながらくるりと回ると、高梨の腕に抱かれていたみくちゃんが、きゃっきゃとはしゃいだ。

「水科も一緒に行くんやろ」

高梨がニヤニヤしながら僕を見る。

「あ、いやあ、お二人のじゃまをしても……」

行きたい気持ちを抑えながらぼそぼそ言っていると、

「会議の議題の件のつづき、文月で話そうよ」

と鈴さんが言った。

「そ、そうですね！」

考えが変わらないうちに、と前のめりになって返事をした。そんな僕に高梨が、

「全く。進めなきゃいけないのは、社内の改革じゃないっちゃないと？」

みくちゃんを抱き上げて、廊下をあっちこっち動いてあやしている鈴さんに目をやり、肘でこづいてきた。

翌週の水曜日、文月のあるビルに辿り着くと、入り口のところに小さな看板が出ていた。これが開店のしるしになるのだ。文月の営業は非常に不規則だ。月の暦に従っていると聞いたが、長い休みを取ったりもする。せっかく足を運んでも、この看板が出ていなければお休みだ。個人経営だから可能とはいえ、こうした自由な働き方は見習うところも多い。ちなみに今夜の看板には、《迷い道のちょいごはん　どうぞ》と書かれている。その響きがなんともかわいらしく、子どもがちょっと迷い込んで寄り道するようなイメージを彷彿《ほうふつ》とさせる。あの託児ルームもいずれは学童のようなことまで出来たらいいな、とふと夢が広がった。

細い階段を上って店内に入ると、入り口のところに置かれていた植物がわさっとかかってきて、僕の顔を隠した。

「あわわ。すみません。いま奥に持っていきますね」

店主の文さんが慌てたように駆けてきて、そのわさわさした植物を手にキッチンの奥へと運んでいった。

「あれ？　もう七夕ですか？」

鈴さんの声に顔をあげると、なるほど、顔にかかってきていたのは、しだれるような笹の葉だ。

「そうなんですよ。今日、お寺さんでいただいてきたばっかりなんです。短冊がまだなので書いていただけないのが残念なんですが」

「その節はお世話になりました」

唐突に高梨が文さんに頭をさげると、

「いえいえ、私はなんにも」

と笑って返している。それで思い出した。去年のことだ。高梨が産休に入ってすぐの頃、鈴さんと一緒に文月に来たことがある。部長が代わったばかりで、あの時も作戦会議と言って、誘ってもらったんだった。

「ここの七夕はぜったい願いが叶うんだって」

とその時に鈴さんが教えてくれた。

「胡桃ちゃんは毎年かかさず書きよって、なんとそのおかげで結婚できたんだよ！」

「え！　高梨の結婚ってここの七夕のおかげなんですか？」

「そう言いよったよ。《お嫁さんに行きたい》って書いたら叶ったって」

それを聞いて僕はガゼンやる気になった。国の法律が整って、我が社も働き方改革の推進が第一に望まれていた。古い体制に慣れた社内の上の人間は渋々、といった感じだったが、ここは若い世代の我々が率先して進めていかなくてはならないと、まさにちょうど昨年の今頃は鼻息荒い最中だった。だから当然願い事はこれ、

《社内改革実現》

それからもうひとつ心の中にあること。それを書いていいのか、いや、直接的にはまずいだろう。いやいや、いっそ見つかってバレたほうがいいじゃないか。頭の中で逡巡《しゅんじゅん》しながらも、ええいままよ。小さく「＋」と付け加えて、

《恋愛成就》

ドキドキしながらマジックを走らせた。その横から鈴さんが覗き込む。

「水科くんは何書いたと？」

「ダメですよ、人の願い事を見ちゃ」

「そう言われると見たくなるってもんでしょ。見せて見〜せ〜て」

そう言って覗き込むのを制止しながら笹の葉に下げる。

「ダメですからね」

念押しする僕にうすら笑いを浮かべる鈴さん。そして僕が一瞬目を離した隙《すき》に、

「わあ！　水科くん、誰なん？　好きな人おると？」

とくる。そして、

「見たんですね。も～。でも本人なら仕方ないか」

「え、本人??……ってそうなの?」

驚く鈴さんに僕が静かに頷く――。

とまあ、想定ではそうなるはずだった。しかし現実は違った。僕が短冊を吊るすと鈴さんは、

「七夕の願い事を見るのはダメだよ～」

とあっさりと席に戻りながら、

「文さん、てんとう虫のお酒、おかわり～」

と言うではないか。ちょっとは気にしてくれても……と心の奥でぶつくさしていると、グリーンのボトルを抱えてきた文さんが僕の耳もとでこそりとつぶやいた。

「なかなか手強いですねえ」


あれから一年。会社は少しずつ改革が進んだが、僕と鈴さんの間に変化は全くない。だいたい「ぜったい叶う」んじゃなかったのかよ……。文さんにクレームを入れたい気分だ。

そんなことを思って小さくため息をついていると、文さんがメニュー表と一緒に荷物入れの籠《かご》を持ってきてくれた。

「入りますかね～」

見ると、鈴さんは大荷物だ。そのうちのひとつを籠に入れ、残りを足元に押し込んだ。

「もうさあ、フリーアドレスになって三浦と始終顔を突き合わせなくてよくなったのはいいんやけどさ～」

鈴さんは口を尖らせながら、テーブルの奥に潜り込ませた膨らんだバッグや紙の手提げに目をやる。新社屋では、自分のデスクを持たないフリーアドレス制が敷かれている。どの机で仕事をしてもいい、というかわりに、その場を離れる時は、机の上をまっさらにしなくてはいけない。各自に割り当てられたロッカーはあるが、これまで社内に置き去りになっていた書類や荷物は、逐一整頓しなくてはならないことになった。

「鈴音さん、ロッカーもみっちりなのに、溢れ分、いつも持ち歩いているんですか？」

高梨が可笑しそうに言う。

「だって、なかなか捨てられんよ。何かあったらって思っちゃって」

「用心深いんですね」

「水科くんの机はフリーアドレス前からすっきり片付いとったもんね。なんでそんなに荷物減らせると？」

　鈴さんが興味深そうに聞く。

「ひとつのプロジェクトが終わったら、必要なものだけファイリングして、あとは破棄していますよ」

　僕が答えると、ショウガの入ったハイボールのグラスの氷をカラカラ言わせながら、

「うちの部署はリモートワークが進んだおかげで、荷物はかなり減りましたね」

　と制作部に所属している高梨が言う。みくちゃんはめでたく卒乳できたらしく、彼女のアルコールも解禁のようだ。

「リモートワークかあ」

　そう言ってから、鈴さんが顔をしかめた。

「自宅で仕事できるんだからわざわざ育休なんて取らなくても……とか言うんだよね」

　三浦部長の仏頂面を真似《まね》して鈴さんが言う。

「在宅勤務と、育児のために休むのとでは、同じ自宅にいるのでも全然違うのに」

　高梨が神妙に頷く。

「まあ、一歩一歩ですよ」

「そんなこと言いよーうちに、みくちゃんが成人しちゃうよ！」

憤慨する鈴さんに、

「それでも、ずいぶん進歩したと思いますよ。私は助かっています」

産休前は不安で仕方なかったけれど、と言って高梨が笑う。

「そう？」

「ええ、鈴音さんたち人事部が総務や上にも掛け合ってくれたって、うちの上司も言ってましたよ」

「ママさん側はさておき、そもそも男性の育休取得率、なんとかならんかい〜って気分だよお」

鈴さんが参った、というように肩を落とす。最新の厚労省調べでは、現在の男性育休取得率は六％だ。二％台で横ばいしていたことを考えれば、ここ数年で多少上昇したとはいえ、先進的な北欧諸国では九十％近くだというのに比べるとあまりに低い。にもかかわらず、我が社は全国平均の数値にすら追いついていない。

「本当はボスが動いてくれれば、下も従うんですが、上があれだから……」

「う〜ん、どうやれば三浦の頭をかち割り……いや、理解してもらえるんやろう」

そう言って、鈴さんが頭をかかえてから、くぴっと日本酒のグラスを空けた。

奥のカウンター席には、入店してきたばかりの女性が腰を下ろしている。小柄でおとなしそう。夢見がちな少女といったふうだが、知的で利発そうな雰囲気も持ち合わせている。この仕事に就いてから、一目でこうして初対面の人間の特徴を摑《つか》むのが得意になった。店内をきょろきょろ見回しているところを見ると、はじめて訪れたのだろう。さっきまでは、カウンターに置かれた花瓶をしげしげと眺めているのが視界に入っていた。

「文さん、てんとう虫のお酒、おかわりくださ〜い」

鈴さんが空になったグラスを元気よく上げる。そのグラスにお酒を注いでいる文さんに僕は声をかけた。

「猫ちゃん、大きくなりました？」

僕が鈴さんに連れられてはじめてここを訪れたのは、文さんが猫を飼い始めてまもなくのことだった。やんちゃ盛りの子猫のおかげで、文さんの腕が傷だらけだったのも懐かしい。

「よく食べるんですよ。もうこんなですよ」

と言って、大きな冬瓜《とうがん》を持つような手の仕草をしてみせてから、

「でも、相変わらずなんですよ」

と引っ搔《か》き傷のついた手の甲を、勲章のように胸に置いて笑った。

「元気いっぱい、それが一番ですよ」

高梨が母親らしく言った。

文さんがボトルを手に、奥の小柄な女性にも声をかけながらテーブル席を離れると、話題は三浦部長はじめとする首脳陣のことになる。

「あの世代は自分たちが仕事一筋で来たっていう自負があるんですよね。だから今の働き方改革に一応の理解は示していても、納得はしていないから……」

僕が言うと、

「しぶしぶってのがこっちに伝わっちゃってね」

すかさず鈴さんが合いの手を入れてくれた。

「結果的に部下は休みを取りづらいという残念さ。まあ、それでも私なんかは取っちゃうんですけどね」

高梨が朗らかに笑う。

「今は何でもパワハラだ～、やれセクハラだ～って言われて気の毒っちゃあ気の毒やけど、時代が変わったことに順応してもらわんと」

と威勢よく言った鈴さんが、少し声のトーンを落として、

「確かに私も下田さんにはかわいがってもらって、多少の我が儘は許してもらいよったけど、あれも今ならセクハラって言われるやろ」

と続けた。

頭の固い三浦部長と違って、下田さんは若手にも気さくに声をかけてくれる上司で、

社内の誰もが慕っていた。

「自分の恩恵を棚に上げて、頭ごなしに言っても理解はしてもらえんやろうし……」

そこで話は行き止まりになった。共感、共有……言葉で言うのは簡単だけど、それを実行するのは難しい。文月の窓の外からじめっとした空気が流れ込んできた。今年は新しい季節の訪れが、いつもより早いようにも感じる。梅雨《つゆ》入りも近いのかもしれない。

「シッターさんの第二次募集を進めたいと思うんですが」

ガラスで囲まれた会議室は、開かれているようでいて閉塞《へいそく》感がある。たまに息苦しく感じるほどだ。おそらく、ある程度の仕切りが、パーソナルスペースの確保には必要なのだろう。オープンであればあるほど窮屈になる。僕は纏った空気を脱ぐように、大きくひとつ深呼吸をした。

月に一度、定例で開かれている働き方改革推進会議には、各部署から任命された推進担当が集まる。総務部と人事部がとりまとめを任されている手前、形の上では三浦部長が推進会議の代表となっている。全体会議の前に部署としての意見をまとめておくべく、こうして会議とも打ち合わせとも呼べない話し合いがしばしば行われる。

専属シッターの河嶋さんが来てくれるようになってから、託児ルームの安定感が増した。簡単なおやつや食事の準備などもしてくれるので、母親社員の負担がかなり減った。人数や河嶋さんの定時の十七時以降の利用によっては、派遣のシッターさんにもお願いするが、急な依頼には即座に対応して貰えない場合もある。これまで保育所で時間延長していた社員からも、社内で預かってもらえるならそうしたい、という希望が増えた。遅い時間帯にも対応してもらえる人を増員することが急務となった。

「でもなあ、子育て中の母親社員ばっかり優遇しすぎで不公平にならないか？」

三浦部長が顔をしかめた。

「会社全体で育児をするっていう意識を浸透させることが大前提としてあります。その上で、育児中ではない社員も、積極的に休暇を取れるような環境づくりが必要です。親の介護や夫婦の時間のためでもいいですし、個人の休暇としても、もっと自由に有給を取得すべきなんです」

僕の言葉に部長がため息を漏らす。

「リモートワークへの切り替えも浸透してきてるじゃない。わざわざ有給を使わなくてもって話でしょ。ま、その分、上のもんは大変になっているんやけどな」

嫌みも忘れない。確かに在宅勤務が増えると、勤務時間の申請や評価がしづらく、これまでのように事務的にとはいかなくなった。

「部長もたとえばご実家に帰って親孝行されるとか……」

「うちの母は施設に入っているから、妻がたまに見に行く程度でいいんだよ」

「奥さま、何もおっしゃらないんですか？」

鈴さんが横から声をかける。

「当たり前だろ。それは妻の仕事だろ」

話にならない、と思った。でもこんなことで諦めてはいけない。僕は頭を振り絞りながら会議室のガラス越しに見える部長のデスクに目をやる。フリーアドレス制になっても、部長職以上に関しては、これまで同様、自分の席が与えられている。しかし三浦部長のデスクは誰も使っていないのではないかと思うくらい、常に片付いている。

「部長はなぜ片付けができるんですか？」

突然の問いかけに、部長が面食らったような表情をする。

「なんだ急に……」

「いや、鈴さんはいつ何が必要になるかわからないからって、物が捨てられなくて溜まってしまうそうです」

鈴さんがびっくりしたようにこちらを見る。

「部長は、その都度、必要なものとそうでないものをはっきりとわけて効率的に仕事をなさいます。一方、鈴さんは長いスパンで物事を判断して、用心深く取捨選択しているのでしょう。どちらもそれぞれ自分に合ったやり方なのだと思います」

「まあ、それはそうだろ。でもそれとベビーシッターとがどう関係するのか？」

「すみません。それは関係ないです……。ただ、考え方や仕事のやり方は人それぞれだ、と感じたんです。それは画一的な働き方でなくなれば、みんなの意識が……」

そうだ。昔どこかで見た内容が頭の中に甦《よみがえ》ってくる。もやもやした霧がゆっくりと晴れていくように感じた。

「シッターさん、男性を募集してはどうでしょう？」

「男性？」

部長がすっとんきょうな声をあげる。

「男性保育士だったら父親も相談しやすくなって、男親の育児に対する考えも深まるんじゃないでしょうか」

前に読んだ海外の保育事情にまつわる文献だ。ケアラーとしての男性という考えがあるという。日本語では「介護者」と訳されることの多いケアラーだが、実際には高齢者や障害を持つ人への介護だけではなく、子どもの世話や家事の手伝いなども含まれる。その上で、ケアラーとして男性への期待は大きく、男性の育休推進と同時に男性保育者を増強することが、ケアの社会化を促す戦略だと指摘されていた。その時は、そんなものかと思った程度だったが、今ならその必要性がわかる。

「確かに。結構、力仕事も多いですし。特に男の子だと遊び相手も男性のほうがいいこともありますよ」

鈴さんが加勢してくれた。

「まあ、シッターの件は水科にまかせるけど、男性保育士かあ、俺の時代じゃ考えられんかったなあ」

そう言いながら、部長は今日の議題を書いたプリントの一部を残して、あとはゴミ箱に入れた。

「ま、お前の言うとおり、整理整頓してるな、俺は。でも寺林はこの資料も全部取っておくんだろ？」

「はい〜」

鈴さんが居酒屋の注文取りよろしく元気よく返事をした。

「僕は『いつかは来ない』って思って整理するんです。いつか使うから、いつか読むから……って思って残していても、結局そんな『いつか』は来ない。だから、今、必要かどうか、ってことを大切にしているんです。今はこの会社には子育て世代が多い。今必要だから託児ルームを作る、シッターさんを雇う。それだけです」

息をつがずに一気に言い切った。しばらくの間があった。顎に手を置いていた三浦部長が会議室の窓から外を眺めながら言った。

「なるほどな。いつか、じゃなく、今か。言い換えれば、これまで、じゃなく、今ってことだよな。これまでの体制じゃあカバーできない部分を見ていくべきなのかもしれないな」

そう言って、こちらを見た目が、わずかに微笑んでいた……ような気がした。

会議を終えて、廊下に出たら、どっと疲れが出た。そのままへたりこみそうになったところを、後ろからデンと力強く肩を叩かれた。

「水科くん、グッジョブ!!」

鈴さんが満面の笑みを見せる。それを見て、またぐにゃりと力が抜けた。そしてこの笑顔が僕だけのものだったら……と夢想する。

「今度、文月で奢《おご》ってあげるね～。七夕の短冊、書かなきゃって胡桃ちゃんも言いよったけん、次の営業日、調べとってね」

「そ、そうですね」

しどろもどろに答える。すると突然、鈴さんが真顔でこっちを向いた。

「ところでさ、水科くんの恋愛は成就したと？」

「え？　去年の僕の短冊、見てたんですか！」

「七夕の願い事は見るためにあるんじゃないの」

当たり前でしょ、と言わんばかりだ。

「そ、そんな。でも、ま、まあ本人なら……」

という、僕のかよわきつぶやきは、鈴さんの甘い声にあっけなくかき消された。

「みくちゃ～ん、おかえり～！」

みくちゃんを抱いた高梨がにこやかに近づいてくる。仕方ない。今年も同じ願い事を書くとするか。文月の開店日をチェックしようと、月の暦を調べるために開いたスマホのトップ画面には、梅雨入りを知らせるニュースが流れていた。

ルバーブソーダの夏休み

保健室は今日も満室だ。それでも入り口の右側、仕切りになっているカーテンの中に入ると手前から二つ目のベッドには誰もいない。いつも通り、夏掛けの布団が四つ折りにされて置かれているだけだ。ここは私の指定席だ。昇降口で履き替えてきたばかりの上履きを脱いで、ベッドによじのぼると、ひんやりとしたシーツが私の足を出迎えた。

薄いカーテンから、浅野《あさの》先生が顔を出して、私の姿を確認すると、

「三崎《みさき》さん。今日、古文で試験範囲を言うって本郷《ほんごう》先生が言いよったよー。お昼やすみが終わったら、教室に行ってみる？」

「はい……」

私は自分にも聞こえないくらいの声で返事をした。たった二文字なのに、発した途端、後ろの「い」は瞬く間に保健室の乾いた空気の中に吸収されていった。今日はきっと、昼休み前には帰宅しているだろう。とりあえずの出席日数をかせぐために、ここにしばらくいるだけだ。保健の浅野先生もそれは重々承知の上で、ダメ元で毎日、こうして声をかけてくれている。悪いな、とは思う。でも私はどうしても教室に行く気がしない。

私の左隣のベッドでは、笹井《ささい》さんが脇目もふらずに開いたノートにペンを走らせている。授業の復習用として配布されている学校指定のノートには、数学や英語の解答

ではなく、詩のようなものを書き綴《つづ》っているらしい。笹井さんは、一応、三年生ということになっているが、それは入学して三年目というだけのことだ。単位制のこの高校で、三年で卒業する人は全体の半分にも満たない。向かい側のベッドで寝ているのは、私と同じ入学年の鳥越《とりごえ》さんだろう。今日も頭からすっぽり布団をかぶって、ふ化する前の虫のように丸まっている。

隣のベッドから聞こえるカチカチとペンをノックする音を耳に入れながら、私は鞄《かばん》の中から教科書の束をごそりと取り出した。

「保健室にいてもいいけど、勉強だけはしときいよ。そうすれば、教室に戻りたくなった時にすんなり授業に入れるんやけんね」

浅野先生が口ぐせのように何度も言う。

「わからんところは、私も一緒に考えちゃーけん遠慮せんで聞きい。先生だって大学出て、養護教諭の資格を取っとっちゃけん、こう見えてもちゃんと指導できるんよ」

張りつめた空気を和ませるためか、そんなことを言ったりしながら、実際に問題集を見てくれたりすることもある。でも私は思う。

――教室にモドリタクナル日なんてコナイのに――

中学二年の夏休みが終わった頃から、クラスの空気がこれまでとはどこか違って感じられるようになった。始業式が終わり、学期始めの短縮授業から通常の時間割に戻っても、それは変わることがなかった。

クラスの中でも中心的な存在だった一部のグループの女子たちは、もともとスカートをウエストのところでたくし上げて短めにして穿《は》く傾向があったが、ブラウスの襟元に蝶《ちょう》結びするリボンを、見たことのないような複雑な結び方にしたり、まだ夏服の時期だというのに、冬用のカーディガンを腰に巻き付けるといったアレンジが加わっていた。休み時間になると、校則ギリギリのリップや香りつきのハンドクリームを取り出したり、トイレでヘアアイロンを手に、互いのヘアスタイルを評価し合う子たちもいた。

一方で、おとなしかった子たちも、アニメのキャラクターのマスコットやピンバッジをバッグに飾り付けては、それぞれに自慢げに披露して笑い合うようになっていた。

持ち物からヘアアクセサリー、靴下に至るまで全く同じにする、いわゆる「双子コーデ」などと呼ばれる格好で仲のよさを主張する二人組も何組かいた。

男子は夏休み中に覚えた対戦ゲームの話題に熱心な子たちが大半で、それ以外の数名は、機械音のような無機質な音楽をヘッドホンやイヤホンで聴きながら、知ったような難しい言葉を連ねていた。これまでのように、休み時間に校庭で大騒ぎするような子供じみた生徒は誰もいなかった。

昼休みになると私と一緒に図書室に行っていた夏菜《なつな》は、いつの間にか派手なグループの一角で、ファッションブランドの名前を挙げて、盛り上がっていた。少し前まで「大好き」と言っていた黒魔術シリーズの本を開くことはもうないだろう。校内で使うことは禁止されているはずのスマートフォンを手にして華やかに笑っている三津谷《みつや》さんを中心に、群がるような輪ができていた。

私はひとり、取り残されたような感覚の中にいた。休み時間も昼休みも、自分の席で前と変わらずにイラストと文字が半分ずつ入った本のページをめくっていたが、内容が頭に入ってくることはなかった。他の子のざわめきと笑い声がハレーションのように響いていただけだ。次第に学校に行くのが苦痛に感じられるようになった。

「多田《ただ》⁉」

一瞬、誰のことかと思った。「多田」はママの結婚前の名字だ。スクールカウンセラーとの面談を終えて、ママと一緒に天神のアーケード街・新天町を歩いていたら、突然声を掛けられた。

「わ、吉野《よしの》！」

声を掛けてきたその女の人にママが手を振って駆け寄る。

「久しぶり〜！　塚田《つかだ》先生の退職祝い以来やけん……かれこれ五年くらいたつ？」

吉野さんはママの看護学校時代のお友達だという。

「ってことは茅耶《かや》ちゃん？　年賀状では見とったけど、すっかり大きくなったね〜」

「やろ。もう高校生やもんね」

ママが目を細めながら私を見る。

「自分たちは変わってないつもりやけど、子供の成長見ると、びっくりよね。学校は楽しい？」

吉野さんの声に顔をあげる。ここはプリクラが撮れる『タイトーステーション』も近い。同世代の子たちが、立ち話をしているママたちを避けながら、楽しそうに通り過ぎていくのをぼんやりと眺めていた私は、慌てて手に提げていたスカイブルーのミニバッグから、高校の入学祝いにおばあちゃんから買ってもらったスマホを取り出した。そしてすかさず、写真のアイコンをタップし、『ともだち』というフォルダーを開いた。二十五枚ほど入っているフォルダーの一覧から、一番上になっていた画像を画面に出した。

「うん、楽しいよ。ほら」

「ああ、いいなあ。青春やねえ～」

私のスマホを覗き込みながら吉野さんが言う。画面では私を含めて八名のクラスメイトが学校のカフェテリアのテーブル席で笑っている。

「リアルJKだよ」

そう言って頷く私に、ママが極めて明るい声を出した。

「県立高校なんよ」

「福岡県立？　すごいやん。勉強がんばったっちゃね～」

吉野さんが大袈裟に驚いて、両手をパチパチと叩いた。

――ケンリツだけど試験ナシで入れるフトウコウの生徒向けのコウコウがある――

それはママも私も言わなかった。

「でも、多田が病院辞めたのは意外やったよ。あんなに看護師の仕事、好きやったのに」

「そう？」

「そうよ。小児科の病棟を任されたって、はりきっとったのに……」

吉野さんが納得いかないような表情で食い下がるとママは、

「ほら、今は色々あるやん。モンスターなんとかって。疲れたとよ」

と困ったように首をかしげてから笑った。

ママは私のために病院を辞めた。当時の担任の先生から、

「茅耶さんは寂しがっているのかもしれませんよ。できるだけ近くにいる時間を作ってあげられませんか」

とアドバイスされたからだ。

「高校に入って環境が変われば、きっと学校にも行くようになりますよ」

中学に定期的に来ていたスクールカウンセラーはそう言って慰めた。私もそう思っていた。

なんとか入学できた高校で、入学式から二週間ほど続くオリエンテーションまではよかった。でもその翌日に運悪くインフルエンザにかかった。新学期の緊張で疲れていたのだろう、とママが言っていた。平熱に戻り、お医者さんの許可がおりてクラスに戻った頃には、すっかり仲良しグループが出来上がっていた。私の入る場所なんか当然空いていなかった。学校に馴染めない生徒のためのカリキュラムに特化した高校なのに、ここでも私はうまくやることが出来なかった。

　校門を入って昇降口で靴を履き替える。教室のある二階への階段を上らずに、一階の左の奥に誘導されるように体が向かう。突き当たりにある保健室のオフホワイトのドアをガラガラと開けると、少しだけ息ができた。白衣を纏った浅野先生が軽く顎をあげてこちらを向いて、

「おはよう」

　と言ってからまたデスク上のパソコンのキーを叩いた。私はいつものようにクリーム色の薄いカーテンを開け、手前から二番目のベッドに腰掛ける。手前にはペンをカチカチ言わせながらノートに向かう笹井さん、奥は布団にくるまった鳥越さん。いつもの朝がはじまる。


「そしたらなんとヒグラシからラインが来てね、今度、会えん？　って」

「へえ、すごいやん」

　いつの間にかうたた寝をしてしまっていたようだ。枕の脇で教科書が開きかけのまま所在なげに横たわっていた。浅野先生の相づちに耳を澄ませる。二時間目の途中。時計は見ていないけれど、たぶん十時を少し回った頃だろう。

「前にライブに行った時に、スタッフさんからアドレス貰ったけん、そこにラインを送ってみたっちゃけどね。まさか本人から返事が来るとか思わんかった～」

ハイトーンで話す声の主は、もう五年間学校に在籍しているという常盤《ときわ》さんだ。ほぼ毎日、この時間になると保健室にやってきては、一通りまくしたてて帰っていく。「ヒグラシ」は今十代の若者を中心に大人気、と言われているバンドのリーダーの名前だ。常盤さんが話している時だけは、隣の笹井さんもノートから顔を上げる。

「やけん買ったばっかりのライムグリーンのワンピースを着て行こうって思っとっちゃん」

「そう。楽しみやね」

――虚言癖がある子――

常盤さんはそう言われている。だからこの話もどこまで本当か、あるいは全てが嘘かもしれない。それでも私たち保健室の住人にとっては、この「常盤劇場」を聞くことで、ほんの少しだけでも夢を見られる。

「変な話聞かせてごめんね～」

常盤さんは、話の最後にいつもそう言って保健室を去っていく。浅野先生に、そしてカーテンのこちらにいる私たちに向かって。

ママがインターネットで見つけたそのサロンは、博多駅からバスで二十分くらい。ごみごみした空気が少し和らいだ住宅街の真ん中にあった。カウンセリングとアロマテラピーを融合させた心理療法を取り入れているところだと、バスを降りて歩きながらママが説明してくれた。エントランスには絵本で見るおばあちゃんの家のような白い柵とアーチがあって、花壇には色とりどりの花が植えられていた。

「かわいいね～」

ママがそのアーチに付けられた病院の看板の絵を指す。《しろくまサロン》と書かれた下に小さく書かれた『心の相談室』という文字を読まなければ、小児科や保育施設のようにも見える。親しげなネーミングやかわいらしいエントランスは、大丈夫ですよ、安心ですよ、と言っているようで、逆に「普通じゃない」と言われている気がする。

外科や内科だったら、わざわざ何をやっているのかわからないようにするだろうか。白く清潔感の溢れる近代的な外観に、信用を第一とするべく院長の名を大きく冠し、道行く誰もが目に留めるように診療内容を表示するのではないだろうか。入ってはならない場所、見つかってはいけないところ……。オブラートに包めば包むほど、その輪郭がはっきりと浮かんでくる。

「いい先生だといいね」

ママが自分に言い聞かせるように言い、そして私の手を強く握りしめた。


帰り道、無言で歩くママの隣で、私も息苦しくなっていた。あんなに親しげに見えたクマのにっこりしたアイコンも、今では冷淡な愛想笑いのように感じる。それを振り切るようにママが空を見上げた。つられて私も上を見たら、びっくりするようなまんまるのお月様が出ていた。それを見ながら、さっきの「しろくまサロン」でのことを思い出す。

――今はまだその時期じゃないんです。もう少し長い目で見ましょう――

それまでセラピストさんの話を静かに聞いていたママが、この言葉を聞いた途端に、急に切羽詰まったようになった。それはこれまでも、担任やスクールカウンセラーから何度も聞いた台詞だったからだ。

「いつまでですか？」

いつもは穏やかなママが、厳しい顔をして詰め寄った。

高校に入れば、環境が変われば……。そうやって私もママも自分自身に言い聞かせてきた。俯く私の肩に置いたママの手が微かに震えていた。

「私がいけないんでしょうか……」

「いえ、そうではありません。でも、ご家族の愛情こそが一番のお薬ですから、これまでされてきた通りでいいんですよ」

手を繋いで歩くママと私の脇を、女子高生がはしゃぎながら過ぎ去っていく。紺色のプリーツスカートにエンジのリボン。ママの母校の生徒だ。私を入学させたがっていた高校。でも中学の出席日数が足りなくて、受験資格を得ることができなかった高校だ。ママはその女子高校生たちの後ろ姿をしばらく立ち止まって見送っていた。

「なんで茅耶だけ……」

つぶやいてから、深く息を吐いた。それから慌てたように早口で、

「おなか空いたよね。今日はパパも遅いって言うし、食べて行こうか。ここ入ってみよう」

《がんばりすぎないちょいごはん　どうぞ》と書かれた小さな看板を指しながら、握った手にぎゅっと力を込めた。

狭い階段を上ると、中学の頃によく読んでいた本に出てくる秘密のカギのついた扉のようなドアがあった。ママがそれをキーと開けて中に入ると、ママより少し若いくらいの女の人が顔を出した。

「子供も一緒なんですが、大丈夫ですか？」

「はい、どうぞ～。わあ、制服かわいいですね～」

そういって私に笑顔を向けてくれた。水色のセーラーカラーの制服は、いかにも伝統のない学校のようで嫌だった。福岡市内なら誰もが知っているような制服で誇らしげに歩く女子高生を見るたびに、恥ずかしい思いがした。この制服が褒められることなんてこれまでなかった。

「こっちはお酒のメニューですが、ソフトドリンクもいっぱいありますから、ゆっくり見てくださいね～」

お店の人は歌をうたうような口調で、わら半紙を畳んだだけのメニューを開いて説明する。そのあとで、大きな目をしばたたかせて軽く手でこすった。

――なんだか冬眠前のクマみたい――

さっきの医院のアイコンが頭をよぎる。医院を出る時には意地悪に見えたクマが、今ならまた、ぬいぐるみのように愛らしく思えたりする。

「じゃあ、この盛り合わせと……私は一杯飲んじゃおうかな。ビール。茅耶は何がいい？」

《ソフトドリンク》と書かれたメニュー表には、珍しい飲み物がたくさん並んでいた。赤紫蘇《しそ》ジュース、レモネード、それから、

「ルバーブって何ですか？」

メニューを見ていたママが店主の人に声をかける。ちょうど私が目をやっていたところだ。《ルバーブソーダ》と書かれた聞き慣れない言葉が、なんだか魔法の世界の飲み物のようでわくわくする、と思っていた。こんな気持ちになるのは、久しぶりだ。夏菜と一緒に図書室で本を読みふけったあの頃の気持ちが甦る。

「この時期に取れる植物なんですよ。蕗《ふき》の茎みたいな葉柄が真っ赤なものもあるのが特徴で、ヨーロッパではジャムやケーキにも使われるみたいです」

「じゃあ、わざわざ海外から輸入しているんですか？」

驚いたようにママが聞くと、

「いえいえ。日本でも長野や北海道なんかで栽培されているんですよ。うちはそれを煮出してシロップにしたものを使っているんです」

「飲んでみる？」

ママに小さく頷く。

「はい、かしこまりました」

店主の人は、さっきの眠そうな目を今度はぱちっと大きく開けて手にしていたメモ帖《ちょう》に書き留めた。ママは先に運ばれてきた瓶ビールからグラスに注いで、一口ごくりと飲んだきり、ぼんやりと外を眺めている。目の前の大きな窓から外の景色がよく見える。昼間はものすごい暑さだったけど、今は開けた窓から、涼しい風が流れ込んでくる。

「お待たせしました。ルバーブソーダです」

私の前に置かれたそれは、チューリップのつぼみのようなグラスの中に、淡いピンクのシュワシュワしたソーダが注がれていた。中に鮮やかなグリーンのレモンのようなものが浮かんでいる。これはなんだろうか？　すると、

「ライムです」

私の声が聞こえていたかのように、店主の人が教えてくれた。ああ、ライムグリーンってこういうきれいな色なんだ……。

――やけん買ったばっかりのライムグリーンのワンピースを着て行こうって思っとっちゃん――

常盤さんの明るい声がこだまする。いつもカーテン越しに声だけしか聞いたことのない彼女が、ライムグリーン色のワンピースを着ている姿を想像してみる。背が高くて、華奢で、サラサラのロングヘアーの似合う人だろうか。それとも栗色の柔らかい髪の、小柄でキュートな人かもしれない。どうでもいいと思っていた他人のことにちょっとだけ興味が湧《わ》いてきたのは、秘密のドアの中にあるこのお店の、ピンクの魔法の飲み物のせいかもしれない。私はグラスの下から上へと弾けていく消えない泡を

飽きずに眺めていた。

私とママの間に小さなお皿に盛られたお料理が置かれた。店主の人が料理の説明をしたあと、私の顔を見て、

「高校生？」

と聞いた。

「一番楽しい頃ですよね～」

その言葉に反射的に私の手が動いた。膝に置いていたバッグからスマホを取り出して、いつものフォルダーをタップした。その時だ。

「もう、その写真やめなさい」

ママの張りつめた声が狭い店内にこだました。そしてスマホを握る私の手をピシャリと叩いた。私の手から離れたスマホは『ともだち』と書かれているフォルダーの中身が一覧になったまま床に転がった。二十五枚の写真がずらりと並ぶ。私だけをトリミングしたものや、セピアの色調にしたもの、アプリで顔のところに動物の耳や鼻などをつけたものもある。でもそれは全て一枚の写真を加工したものだ。私は高校に入学してから今まで、『ともだち』のフォルダーに入れられる写真はオリエンテーションの日に撮ったこの写真しかない。たった一枚しかない。

――魔法が解けた――

私は静かにスマホを拾い上げ、画面を閉じた。もうソーダの泡は消えていた。店主の人は同じ写真だけがいくつも並んでいるスマホの画面を見ただろうか。見えたに違いない。ママはきゅっと口を結んだまま、いつまでも窓の外の月を見ていた。

昇降口から重い足をひきずるようにして、どうにか奥の部屋の前に辿り着くと、中から珍しく賑やかな声が聞こえてきた。保健室のドアをそろそろと引くと、浅野先生の前に色白で小柄な生徒が立っていた。右手の指先でカチカチと鳴っているボールペンを見て、それが笹井さんだとようやく気付いた。

「三崎さん、おはよう」

浅野先生がにっこりする。小さく会釈《えしゃく》すると、

「ほらこれ、笹井さんが書いたんだって」

と文字がぎっしり書かれたノートを渡された。見ると詩のような短い文が連なった小説のようだ。最初の数行を見ただけで、とても高校生が書いたとは思えない文章にびっくりした。

「すごい……」

素直につぶやくと、笹井さんは照れ臭そうに下を向いた。

「まだ途中なんやけど、常盤さんの会話をベースにしとーけん、こんなことしていいのか浅野先生に見てもらいよって……」

笹井さんの声は少しかすれていて、でもとても丁寧でゆっくりとした落ち着きを感じた。

「下敷きにしとうだけで、小説の形がちゃんと取られてフィクションになっとうけん大丈夫。完成して常盤さんに見せたら喜ぶと思うよ」

浅野先生の言葉をもらって、笹井さんはホッとしたようにだらりと力を抜いた。安心したのか、笹井さんはそのあとベッドに戻って、今日はノートを開かずに、眠ってしまったようだ。私は笹井さんの寝息を聞きながら、自分のスマホの中の二十五枚の写真を繰り返し眺めた。

『急に大牟田《おおむた》に行かなきゃいけなくなっちゃった！』

ママからラインが届いたのは、待ち合わせをしていた博多駅のバスターミナルに着いた時だ。このあと「しろくまサロン」にカウンセリングに行く予定だった。予約制ではないので、行くのは自らの意思に任されている。セラピストの助言は相変わらずだったけれど、

「少し続けてみようか」

とママが自分自身を励ますように言った。それでこうして月に二度のペースで行っているのだから、一人でも全然問題ない。にもかかわらず、心配性のママはいつも必ず一緒に付いいてくる。

西鉄の特急で天神から一時間くらいで行ける大牟田市は、福岡県の南端にあって、お隣はもう熊本県だ。ここでパパのほうのおじいちゃんが一人暮らしをしている。ママは定期的に行って、買い物や掃除の手伝いをしている。

『おじいちゃん、風邪みたい。お医者さんに連れていってほしいって』

『茅耶と約束しているから、ヘルパーさんにお願いできないかって聞いたんだけど、急だから無理っぽくて』

『しろくまサロンは今度にする?』

立て続けにママからのラインが続いた。

『ひとりで行けるから大丈夫だよ』

私の返信が既読になってから、少しだけ間があいた。

『気をつけてね。終わったら連絡しなさいね』

私はにっこりと笑ったスタンプを送ってから、スマホをバッグにしまった。

サロンの前に着いて、中を窺うと、時間のせいかいつもよりも混んでいるようだった。入りたくないな、と思うよりも先に、看板に付いていたアイコンのクマと目が合った。その瞬間、頭の中に冬眠前のクマのような眠たそうな姿が浮かんできた。

「そうだ」

看板のクマの前で回れ右し、私は迷わずあの店に向かった。秘密のドアを押して中に入ると、この間の店主さんが笑顔を見せて出迎えてくれ、

「今日はお一人なんですね～。また来てくれて嬉しいなあ」

と、うきうきするような表情で奥の席に案内してくれた。お店の中には、会社帰りっぽい男のお客さんが一人で本を読みながらビールを飲んでいた。私がルバーブソーダを注文してストローでくるくると氷入りのソーダをかきまぜていると、元気のいい声が店いっぱいに響いた。

「あれえ？　今日はかわいいお客さんがいる～」

振り向くと、今入ってきたばかりの女の人がニコニコしながらこちらを見ている。髪が長くて、ヒールのある靴を履いたおしゃれな人だ。

「そうなんですよ～。高校生なんですって」

私は反射的にいつもの写真を見せるために、ミニバッグの中のスマホを握りしめた。けれども取り出さずに、そのまま手を離した。バッグの底にコツンと落ちたスマホの音がかすかに聞こえた。

「ひょえ～！　十代!!　いいなあ。何にでもなれる将来があるなんて羨ましいなあ」

「何言ってるんですか。莉絵さんだって、今も夢に向かっているじゃないですか」

そう言ってから私のほうを向いて、

「このお姉さんね、靴のデザイナーになる勉強をしているんですよ」

と説明してくれた。

「いい年して未《いま》だ自分探し中。ま、人生の夏休みってやつかな」

と莉絵さんが頭に手をやって、舌をぺろりと出しながら言うが、それでも楽しそうだ。

「いくつになっても学べるってことですよね。それに人生の夏休みは何度あってもいいんじゃないですか？」

静かに本を読んでいた男の人が振り向いてぽつりと言う。

「そうそう、人生なが～～～いっちゃけん」

「が」と「い」の間を大袈裟に伸ばして言う莉絵さんに、つい笑ってしまった。その私に、店主の人が軽く目配せをしてから、小さくウインクした。アニメのキャラクターみたいに、大きな目の奥が「キラリ」と星のように光り、やっぱり魔法のようだ、と思った。

「あ、忘れないうちに、これ文さんにおみやげ」

「なんですか〜？」

文さんと呼ばれた店主の人が莉絵さんから手渡された小さな包み紙を開いている。

「あ！　アジだ！」

「ね。アジにそっくりやろ〜。これ見た瞬間、文さんにあげんとって思って」

「嬉しい〜！」

文さんが小さな包み紙を握りしめて体をモゴモゴ横に振っている。

「え？　鯵《あじ》⁇」

男の人がけげんそうに文さんの手の中を覗き込んでいる。すると文さんが手の平をぱかっとあけて、男の人と、それから私にも見せてくれた。瀬戸物でできた黒猫の置物だ。

「アジって文さんとこの猫の名前ですよ」

「え？　猫なのに魚の名前⁇」

男の人が呆れたように言うと、

「やだ、大城《おおしろ》さん。魚の鯵じゃないですよ」

と笑う文さんに莉絵さんが説明する。

「アジは紫陽花のアジなんですよね〜」

「そうなんです。紫陽花の季節にうちにやってきたからなんですよ」

文さんがいとおしそうに手の中の猫の置物を撫でた。私は残りわずかになったルバーブソーダを飲み切ってしまうのが勿体《もったい》なくて、話を聞きながら、ちょっとずつストローで吸っては、中のライムをいじったりしていた。お店の中を見回してみると、座っているところの奥に小さな本棚があった。見覚えのあるタイトルに吸い寄せられるように席を立った。夏菜と中学の頃に読みあさったあのシリーズだ。本棚から抜き出して開いていると、さっきまで席で本を読んでいた大城さんが声をかけてきた。

「本、好きなの?」

「はい。最近はそんなに読んでいないんですが、中学の頃は学校の図書室に行くのが好きでした」

「そりゃ、頼もしいなあ~」

と嬉しそうに目を細める。

「最近は、若い人で本を読む方って少なくなりましたもんね」

文さんが言う。休み時間に本を開いていると「変な子」という目で見られることが多かった。めっきり本から遠ざかってしまっていたのは、そのせいもある。

「じゃあ、君、将来は僕の後任になってくれたまえ」

大城さんがエヘンと咳払いをしながら言う。

「あ! それはいい考えですね」

大人たちが勝手に喜んでいるが、当人である私には訳がわからない。

「大城さんは編集者なんですよ」

「編集？」

「知らないよね。そんな仕事があるなんて」

きょとんとする私に大城さんが笑いながら言うと、

「あ、ごめんなさい。私も編集者ってどんな仕事しているのか、実はよくわからないんですよね～」

と莉絵さんが身を乗り出した。

「この人に本を書いてもらいたい、って人を見いだして書いてもらって、よりよくなるように、書き直しを重ねてもらったり、アドバイスをしていい作品を作る。そしてたくさんの人に知ってもらいたい、手に取ってもらいたい、と思いながら本という形に仕上げて世に送り出す、そんな仕事です」

大城さんが私と莉絵さんの顔を交互に見ながら、丁寧に説明してくれた。

「編集者さんがいなければ、こうやって本が世の中に出ないんですよ。素敵なお仕事なんですよ」

文さんが自分のことのように誇らしげに言うと、大城さんが照れくさそうに頭を掻きながら、

「というのはカッコいいところで、実際は、作家のお尻を叩いてみたり、なだめてみたり、持ち上げてみたり。ま、必要な能力は、ひたすら原稿を待つ忍耐力と部数を伸ばしてもらえるようにする営業との交渉力、っていうなんとも泥臭い仕事ですけどね。でもやりがいはありますよ」

と言って頷いた。

本を世の中に出す仕事。自分がいいなと思ったものを他の人の目にも触れるようにする仕事……。いつか笹井さんの書いたものを私が本にして、みんなに読んでもらうようなことが出来たら……。そんな夢みたいなことを想像して、ぶるっと震えた。

震えた……のは自分ではなくてバッグの中のスマホだった。

「あ！　いけない！」

ママからのラインだ。思ったよりも時間が経ってしまっていた。

『ごめん、ママ。実はサロンには行かなくて、この間寄ったお店でソーダを飲んでいたの』

『なんだあ。あのお店に行くならママも誘ってくれればよかったのに』

『うん。今度は一緒に行こうね』

そのあとでずっと言いたかったことを続けた。

『ママ、お仕事してもいいんだよ。茅耶、寂しいわけじゃないんだから』

ママからの返事はすぐに来た。

『違うよ。ママも今は茅耶と一緒にいたいって思ったからだよ。茅耶と一緒にママも成長したいんだ。だからもう少し、一緒にいさせてね』

私は最後のスタンプを何にしようか迷って、結局、本を開いた絵文字を送った。何でこのスタンプを選んだのか、意味がわからないだろうママのハテナ顔を想像したら、自然に笑えてきてしまった。私が席を立って、お会計をすると、文さんが、

「ルバーブって大きな葉っぱの部分には毒があるんですよ。葉柄が美味しいからって葉っぱまで食べたらとんでもないことになるんですよお」

そう言って、ニヒヒと笑った。大きな鍋で真っ赤なジュースをぐつぐつ煮出している黒魔術師を思い浮かべて、もう一度文さんの顔を見ると、今度はあたたかな笑顔を向けられた。

「またね〜！」

靴デザイナーを目指しているおしゃれな莉絵さんが手をぶんぶん振って見送ってくれた。

保健室は今日も満室だ。私はいつも通り手前から二番目のベッドに足をかけようとして、一瞬間を置いてから、その足をそろそろと床に戻した。脱ぎかけの上履きに踵《かかと》をしまうと、隣の笹井さんが驚いたように私を見て、それから、静かに頷いて、手元のノートに目を移した。私は薄いカーテンをくぐり抜け、デスクに向かっている浅野先生の背中に声をかける。

「ねえ、先生。私を教室の前まで連れていってくれる?」

浅野先生は、私の目をじっと見て、ゆっくり大きく頷いた。二階に続く階段を上って、薄茶色のピカピカしたドアの前に立つ。深く大きくひとつ深呼吸をする。

「無理やったら、戻ってきい。指定席はちゃんと空けておくけん安心して」

浅野先生の声が耳元で力強く響く。ポンと押された両手のぬくもりを背中に残したまま、私はゆっくりと教室へ足を踏み入れた。

フレッシュサラダの町案内

平日だというのに、開店から客足が途切れなかった。春の引っ越しシーズンが一段落したかと思ったら、ゴールデンウィークを過ぎたあたりから、夏休み中の転居を希望する客がちらほら増えてきた。午後には内見希望が二件入っている。今のうちに昼食を取っておかないと、いつありつけるかわからない。飛び込み客が来ないことを願いつつ、外から覗いても見えない大型コピー機の裏にキャスター付きの椅子をコロコロと移動させてから、俺はデスクの下に置いておいた弁当の入ったミニトートを連れ込んだ。

うちの会社は県内に十ヶ所ほど、カウンター業務を兼ねた営業所を持つ中規模な不動産屋だ。俺のいる福岡中央西営業所は、主に中央区の大名《だいみょう》から赤坂《あかさか》くらいまでの範囲の、単身者を中心とした小規模な物件を扱っている。たまに西新《にしじん》や大濠《おおほり》公園あたりのマンションや戸建てを扱うこともあるが、たいていそういった物件は、ファミリー向けを得意とする他の営業所に回すことが多い。

この営業所には所長以下三名の社員が在籍しているが、勤続年数だけで言えば、俺が一番長いことになる。新卒で入社し、いくつかの営業所を経験しつつ、かれこれ二十年近い。

育ち盛りの頃は、分厚い単行本みたいな長方形の平たいアルミの弁当箱を使っていた。母親がこさえたその弁当の中身は、四分の三が白ごはんに占領されていて、ど真ん中に梅干しが一粒、デンと鎮座していた。その片隅に申し訳程度に昨晩の残りのおかずをアレンジしたものが詰め込まれていたものだ。高校生の時なんかはそれを二時間目の休み時間に平らげ、昼休みには売店の菓子パンを腹に詰め、部活帰りは地元の商店で揚げ物を買い食い、もちろん夜はカロリー山盛りの晩飯が用意されていたんだから、どんだけ体力が有り余っていたかがわかる。今じゃあ、揚げ物はもたれる……なんていっぱしの中年のおっさんみたいなことを言っちゃうんだからなあ。

　そんなことを思って苦笑いしながら、今朝、妻の梢《こずえ》から渡された弁当箱を開く。東北地方の民芸品だという漆の匂いのする弁当箱には、圧力釜で炊いた玄米のごはんに干し椎茸《しいたけ》と切り干し大根の煮物、ひよこ豆やレンズ豆とかいう何種類かの豆を使った酢の物、わかめと胡麻《ごま》の和え物、それに保温できるポットの中には青菜のみそ汁が入っている。どれも彼女が今朝、四時に起きて料理したものだ。当然、昨日の残りものなんて一切ない。

「調味料は海水だけで作られた塩に、天然発酵のしょうゆと味噌。動物性タンパク質は控えて……」

　梢がいつも呪文のように唱えているので、すっかり覚えてしまった。

「お、今日もこだわりのナチュラル飯やね」

　俺の弁当箱を覗き込みながら、同僚の坂井《さかい》がコンビニで買ってきたから揚げを、袋に入れたままかぶりついている。

「食いもんと体型は関係ないっていう、いい見本になるやろ」

お約束の自虐ネタを入れて、自分の出っ張った腹をポンと威勢よくたたいた。

この弁当箱の中には色がない。本来は鮮やかな色彩を持つ野菜や魚が、なんとなくうす茶がかった色にまんべんなく染められている。

「生野菜は体を冷やすけん」

というのが梢の近頃の口癖だ。

パリッとした食感のものを、もう何ヶ月も食べていない気がする。


梢が三宅進《みやけしん》に出会ったのは、昨年の秋のことだ。出会った、と言ってもテレビで、だが。昼の情報番組に出演していたらしい彼は、一部の世界では有名な人らしく、梢も一回見ただけでドハマリしてしまった。

「使う調味料に気をつけるだけでも体が変わるってよ」

一瞬、何かアヤシイものじゃないかといぶかったが、どうやらそういうわけでもなさそうだ。話を聞けば、自然のものを旬の季節にまるごといただくのがいい、とばあちゃんが言っていたのと同じようなことを、理論的に解析して、三宅メソッドとして確立しているという。

「ほら、私たちもアラフォーやし、これから先の健康寿命を考えると、気をつけんと」

それから梢は三宅の書いた本を何冊も図書館で借りてきた。新しめの本になると、貸し出し予約が何人も入っているらしい。もちろんそっちもエントリーをして順番待ちをしているようだが、すぐに借りられるものだけでも、十を下らなかった。理論を説いた堅苦しいものから、写真の多いレシピ集や子ども向けの絵本まで、多岐にわたっていた。

「料理研究家っていうちゃろ、こういう人たちのこと」

リビングに積み重なっているサイズがまちまちな本のひとつをめくると、一ページめに、生成りの透けるような薄いシャツを羽織った三宅の写真がでかでかと載っていた。シェフや板前のイメージから、強面《こわもて》を想像していたが、三宅はそうではなかった。どこか詩人のような繊細な面影のある華奢な男が、視線をこちらに向けず、どこか明後日の方向を向いている写真だった。

「三宅さんはレシピを考えるよりも理論が先やけん、料理研究家じゃないんよ」

「じゃあ、食育とか食の安全とか？」

「う〜ん。もっと深いかなあ。ご本人は《けはれ》っていう屋号でご活躍されとっちゃけど、ケとハレは地続きだっていうのを、食の面から考えとうと。でもそれだけじゃなく、被災地の支援活動をしたり世界への情報発信にも積極的な、立派な人なんよ」

日常を「ケ」、正月や記念日などを「ハレ」と呼んで昔のひとはメリハリをつけて日々を楽しんだという。でも三宅によれば、現代は食の多様化や個食の顕在化などで、ケとハレの区別がなくなっている。一年中、同じような食材が並ぶ中で、意識しなければ旬のものを取り入れられないことが危惧《きぐ》されるという。三宅のレシピはごく質素で、彼が定義するいくつかの調味料を組み合わせて煮込むのが基本のスタイルだ。この簡単なプロセスによって「ケ」と「ハレ」の繰り返しを、日常食に取り入れることができる。こうした古来の考え方と現代のライフスタイルとを融合させた点が特にウケたところのようだ。

「すっかり三宅マニアやね」

俺が茶化すと、

「私なんてまだまだよ。三宅さんに傾倒しとう人たちのことを『けは連』って呼ぶんよ。昔でいう町会のなんとか連っていうような、コミュニティをイメージしとうって。ま、やけんってミーティングがあったりするわけじゃないんやけど、各々が三宅メソッドを実践することが、そのまま『けは連』の活動になっとうってことかな」

と大真面目に答えられた。ダサいネーミングに噴き出しそうになっている俺をよそに梢は続けた。

「三宅さんの考えでは、一日の食事の中で最も大切なのは昼食なんやって。太陽の光を一番浴びている時間帯ね。だから三宅メソッドでは特にお弁当に拘《こだわ》ると」

それから彼女の弁当作りが始まった。旬の食材を、手順を追ってひとつひとつ仕込んでいく。結果的にどれも似たような色と味付けのものが並ぶ弁当箱が出来上がる。さまざまな食材を使っているにもかかわらず、手間をかければかけるほど、そして三宅メソッドに忠実であればあるほど、全く変わりばえのしない完成形へと導かれていく。

「あの、内見を予約していた宮坂《みやさか》ですが……」

弁当を食べ終え、歯磨きをちょうど終えたところで、入り口の自動ドアから二人連れが入ってきた。一足先に席に戻っていた坂井が、

「いらっしゃいませ」

と迎え入れているのを、

「代わります」

と言って目で合図をする。坂井は週明けに仮契約していた客の契約書の作成に追われている最中だ。急な飛び込み以外の予約客は、自分が対応しようと思っていた。

「担当させていただく高槻《たかつき》と申します。本日はこちらの物件の内見ですね」

自分たちよりも少し上の世代、おそらく四十代半ばくらいの夫婦だ。ポータルサイトで検索して、うちが掲載していたマンションに内見希望のオファーがあった。最近は、こうした客が大半だ。店の外に貼ってある間取り図を見て入ってくるのではなく、事前に情報をくまなく調べてから来店する。遠方からの客などは大方がそうだ。

俺は予めプリントアウトしておいた間取り図を取り出す。

「ご予算やご希望に近い他の物件もご紹介しましょうか」

検索をした際のチェックから、客の希望はだいたいわかる。ネットには掲載していない物件もあるので、条件に合うものをいくつか先に見繕っておいた。

「今日の十九時五十分の便で戻らないといけないので、あまりゆっくりは出来ないんですよ」

奥さんがキビキビした受け答えで返事をする。ご主人はその隣で静かに頷いている。

「今のお住まいは東京ですか？」

内見希望の予約フォームを見ながら話す。

「ええ。僕の転勤が決まったんで」

ご主人が申し訳なさそうに言うのは、奥さんの手前だろう。生活の場所を変えるのは容易なことではない。特に夫婦の場合、奥さんのほうが、引っ越しに対して不安や不満を抱く傾向にある。夫の都合で否応無しに知らない街に行かなくてはならないのだ。当然のことだ。

「福岡ははじめてですか？」

「そうなんです。私もこの人も実家が都内なので、九州には親戚もいないし、旅行でも来たことないんです」

「あ、僕は学生の頃に部活の遠征で一度だけ来たことがあるんですが……」

苦笑するように話すご主人を遮るように、

「結構、ごちゃごちゃしていますよね。大通りはバスがやたら多いし、タクシーは運転が荒いし。都会と言っても東京みたいに整然としてないのに驚きました。私、東京でしか暮らしたことがないので……」

こんな街で暮らせるのだろうか。声にこそ出さなかったが、奥さんのため息からはそんな言葉が漏れていた。

「わかりました。では、時間の許す範囲でいくつか見てみましょうか。そちらを出たところでしばらくお待ちください」

そう言って宮坂さん夫妻に入り口の自動ドアを手で示し、自分は裏の通用口に回った。その横で坂井が、

「車、出しますよね」

とキーホルダーに手をやったが、

「いや、歩ける距離だから使わないでいいかな」

「でも、時間ないって言ってませんでした？」

声を潜めて言うが、

「二十時ちょい前の便ってことは、どんなに余裕を持っても十八時まではいいやろ。五時間あれば福岡マラソンのコース二周できるって」

十三時を少し回ったばかりだ。時間はたっぷりある。俺は出来るだけ手元がフリーになるように、間取り図の入ったショルダーバッグの紐を長く調整し直して、肩から斜め掛けした。

福岡は転勤で来る人の割合がとても高い。住み心地がよく、そのまま居着いてしまう人もいるし、独身男性がこっちで伴侶《はんりょ》を見つける、なんてことも結構な頻度であると聞く。関東や関西なんかに比べて、女性が男性を立ててくれる優しさがあると聞くが、妻の梢も地元の出で、生まれてこのかたずっとこっちにいる俺にはそこはよくわからない。ただ、このお客さんたちのように、奥さんのほうが主導権を握って前に出るような夫婦を見ていると、確かにこっちの女性にはないところかもな、とも思う。相性の問題なのだから、もちろんどっちがいい、とかではないのだが。

「さ、行きましょうか」

お客さんの前に立って歩きはじめると、二人がきょとんとしたような表情を見せた。

「え、車じゃないんですか？」

「福岡の街は小さいので、歩いて回ったほうがいいんですよ」

不動産の案内といえば、当然、車でだと思っていたのだろう。摑みとしてはまずまずだ……と俺は心の中でほくそ笑んだ。

福岡で生まれ育った俺としては、やはり地元愛は強いほうだと思う。だから、よそから来た人にも、この街のよさを知ってもらい、そして好きになってもらいたい。この仕事はそれがダイレクトに伝えられると感じている。

今日案内する予定の物件は、人気の今泉のマンションと薬院大通のマンション、それから国体道路沿いの警固《けご》のマンションだ。どれも分譲賃貸で、高級感のある造りで築浅、と東京の都会暮らしに慣れた人たちにも気に入ってもらえる人気物件だ。家賃は福岡にしてはやや高めだが、都内の相場に比べたら、申し分ないはずだ。

西鉄天神駅から渡辺《わたなべ》通り方面にバス通りを歩くのが近いルートだけれど、俺はあえて、西通りを入って、大名の路地を通っていく道を選んだ。

「この角の餃子《ギョウザ》屋さんは有名なお店ですよ」

福岡市内に数多くあるチェーン店のテムジンだ。

「あ、ここ載っていました。小さくていくつでも食べられちゃうって」

ご主人が手にしていたガイドブックを掲げる。

「ええ、そうなんです。あとサブメニューで手羽先のから揚げっていうのがあるんですが、皮がパリパリなんですよ。おすすめです」

「手羽先って名古屋の名物ですが、こっちにもあるんですね」

ご主人が興味深そうに言う。女性や海外からの観光客にも人気のプラザホテル天神の前に差し掛かる。

「このホテルに入っているレストランでは一年中、牡蠣《かき》が食べられるんですよ」

「ホテルで牡蠣なんて……。そんな贅沢されるんですか？　まだお若いのに……」

奥さんが天然パーマでもじゃもじゃの俺の頭を見ながら、いくぶん呆れたように言う。それも仕方なかろう。

「一個から注文できるんですよ。確か一個、三百五十円だったかな」

「それは安いですね～」

奥さんが目を丸くする。大名地区をぐるりと回りながら、ビルの上にも目をやる。

「このビルの三階に入っているイタリアンのパスタランチは、八百円台でショートコースになっているんですよ。しかも十六時までずっとその値段設定なんですよ」

「ランチって言っているのに？」

「そうなんですよ。ランチタイムが長かったり、ランチの終わり時間が決まっていない店って福岡には結構多いんですよ」

食べ歩きは趣味だ。でも、その趣味がお客さんを案内する時によく役立つ。もっとも梢が「三宅メソッド」にはまってからは、俺の食べ歩きもすっかり影を潜《ひそ》めてしまっているのだけれど。

「わ、かわいいショップ……」

インディーズブランドの個性的なブティックに目をやっている奥さんの表情が、少し和らいできている。そして、

「なんだか面白い街ですね」

はじめて笑顔を見せてくれた。俺は自分の体の奥からフッと力が抜けていくのを感じた。これから始まるここでの暮らしをぜひ楽しんでもらいたい。部屋だけじゃなく、まわりの環境や街を丸ごと好きになってもらいたい。それが住む家を、そして暮らしを案内する者としての使命であり、心からの願いだ。

宮坂さん夫妻を見送って、店の奥で休憩がてら缶コーヒーを飲んでいたら、梢からラインが届いた。

『六月十二日の夕方って空けられる？』

　スマホをホーム画面に戻し、スケジュール管理のアプリを確認すると、その日はちょうど非番だ。

『休みやけど』

『りょ』

　そのままプツリと途切れた。

　帰宅すると、おかえり、もそこそこに、梢が興奮がちに言う。

「すっごいの、もうすっごいの」

　こういう時の彼女は、いつもよりも声のトーンがあがって早口になる。こっちが何か言う隙はない。

「なんと三宅さんが福岡でトークショーするって！」

「あ、それが十二日の？」

「そうなんよ〜。新しい本を買った人が先着でチケットが貰えるっていうの、全然知らんくて。今日、たまたまインスタで見つけて速攻予約してきたんよ」

「それって、俺と行くってこと？」

「そうやよ。今回の本はパートナーのためのお弁当レシピ集やけん、パートナーとの参加限定なんやって」

「パートナーって……」

素直に夫婦とか、カップルと言わないあたりがなんともモゾモゾする。

「ほら、今って多様やろ。同性カップルだってもちろんいいんやし」

「なるほどね。だったら親子でもいいのか？」

「う～ん。それはダメなんやないかなあ。親子向けのお弁当の本もあるけど、今回のはそうじゃないけん」

つまり読者層を限定することで、同じような理論でも切り口の違う本をいくらでも出せるってことか。なかなかの商売上手だ。

「男性が作るお弁当の本もあるから、裕《ゆう》くんも買ってみたら？」

いやあ、俺は自分で作るよりも外で食べ歩いたほうがいいかな……というのはまあ、言わないでおこう。「生三宅」に会える梢の興奮を尻目に、心の中でつぶやいた。

その当日。会場となったこぢんまりしたブックカフェには三十人ほどの読者、つまり「けは連」及びその「パートナー」が集まっていた。今泉の込み入った路地にこんなおしゃれな書店があるなんて、知らなかった。日々変わっていく街の調査をもっとしなきゃな、と自分を戒める。全面ガラス張りの店内にはカフェが併設、というよりも書店が併設、というくらいの割合で本がおしゃれに陳列されている。

「間もなくはじまります」

店員のマイクの声に、隣にいた梢がスマホの電源を切る。俺も慌てて、リュックの中から取り出し、シャットダウンする。こっちはプライベート用スマホ。シャツの胸ポケに入れた会社支給の社用のほうは、念のためバイブレーションモードに切り替えておく。

この仕事は意外と突発的な問い合わせが多い。自分が非番でも、客にとっては関係のないことだ。気持ち的には、三百六十五日、二十四時間いつでも対応できる態勢でいたい。もちろんままならないこともあるけれど。

案の定、トークショーの間に、ラインが届いた。今日は出番になっている坂井からだ。

『お客さんからの問い合わせですが、直電OKですか?』

『いいよ』

即座に返信する。やはり電源を切らなくて正解だった。

一時間ほどのトークショーのあと、サイン会が用意されていた。書籍を買った人向けのイベントだというのに、追加でその場で本を買わなくてはサインは貰えないらしい。普段は無駄遣いをしない梢が、今日ばかりは躊躇なく販売ブースに列を作っている。

「はい、これ裕くんのね」

手には買ったばかりの本が二冊。

「え、俺はサインはいいよ」

「だめだめ、パートナーで来てこそなんやけん」

見ると、三宅は客のひとりひとりに長く受け答えをしているようだ。列が一向に進まない。それでもようやく俺たちの番まであと少し、となったところで、ポケットに入れてあったスマホが震えた。梢に、

「ごめん、ちょっと出てくる」

そう言って列を外れた。その時に三宅が顔を上げた。俺と目が合った瞬間、ほんのわずかに顔をしかめた。

「すみません。お店にかけたらお休みだって伺ったので、直接こちらにかけちゃいました」

電話の向こうは、先日内見をしていった東京の宮坂さんだ。

「いえ、全然構いませんよ。どうされました？」

「この間、見せていただいたお部屋なんですが、○○マンションか△△マンションのどちらかに決めたいと思っているんですが、まだ空いていますか？」

どちらも自社物件だ。契約や仮押さえが入った場合はグループラインで連絡が来る。まだ入居者は決まっていない。

「まだどちらも大丈夫ですよ」

「そうですか。あの、ぶっちゃけ……高槻さん的にはどちらがオススメですか？」

「そうですねえ。当社としてはどちらもオススメなのですが」

そう言って少し笑う。それからふたつの物件を思い出す。

「もし自分が夫婦で暮らすとしたら、△△にするかもしれませんね。○○はお部屋が南向きで明るいのですが、昼間の明るさをそれほど重視されないのでしたら、△△は水回りの設備の最新さが魅力なのと、お部屋は○○より狭いですが、全体的にシンプルな造りなので、管理もしやすいように感じます」

本来は自分の意見を言うのは違うのかもしれない。でも自分が暮らしたいと思う場所なら、心から薦められる。俺は内見の時に感じた印象をあくまで個人的な考えとして正直に伝えた。

「ありがとうございます。不動産屋さんにこんなことお聞きするのもおかしいかな……って思ったんですが、妻が高槻さんなら信頼おけるから聞いてみたら？　って言うので。やっぱりお聞きしてよかったです」

お客さんにふさわしい物件を紹介するのはこちらの任務だ。それをこんなふうに思ってもらえるなんて、ありがたいな、と思った。

「あのあたりは落ち着いた雰囲気ですが、お店も多くて便利なので、きっと楽しく暮らしていただけると思います」

電話の向こうで、小声で話しているのが聞こえる。奥さんと確認をし合っているのだろう。

「では、△△に決めます。契約などどうすればいいでしょうか」

契約までの流れを説明する。わざわざ福岡に足を運んでもらわなくてもいいよう、鍵《かぎ》の受け渡しまではメールや郵送でやりとりする旨を伝える。電話を切ってから、すぐに社内システムにアクセスして、仮契約済みの処理をした。

会場に戻ると、ちょうど梢の順番が回ってきて、三宅と話している。その横に滑り込むように入った。

「すみません、ちょっと仕事の電話が来ちゃって」

俺の言葉がまるで入ってきていないかのように、三宅は梢のほうを向いている。

「そうですか。では、お弁当を毎日……」

「はい。特に調味料は三宅さんのおっしゃっているものを使うように心がけているんです」

「私のメソッドは海外の方にも好評のようでしてね。知名度が上がったおかげで、たくさんの人が私の話に耳を傾けてくれるようになったのはありがたいですよ」

梢が神妙に頷く。

「《オベントウ》は世界共通語になってもいいくらいだと言われていますね。どんな国籍や立場の人でもできることだと思います」

「誰もが簡単に取り組める方法を築いたのは、この三宅メソッドがいずれ世界の平和に繋がるといいな、と考えてのことなんですよ」

「世界平和ですか?」

感心したように言う梢を、三宅が満足そうに見る。

「食への心配りは、他者への心配りと同義語だと私は思っていますからね。正しい食事をしていれば、気持ちも行動も自然とついていくものだと信じています」

「まっとうな食を否定する人は、世界中どこにもいませんからね」

「まあ、ここまで来るのにそれなりにかかったんですがね。信念を貫いてこられたのも、ちゃんと未来を見据えて行動した結果ですよ。自分のメソッドは必ず成功するとね」

「そうなんですね。すごいですね」

「ところであなたの描く未来はどんなですか?」

三宅がふと思いついたように訊ねた。

「私の未来ですか？」

「そうです。仕事をしていらっしゃらない方でも、先のことをしっかり見据えていれば、自ずと何を取り入れたらいいか、わかってくるものですよ。食も知識も。どんな方でも自己実現は可能です」

「わかりました。自分なりに考えてみます」

そうやって、教師の前に立つ優等生のように答える梢を見ていた三宅が、突然、俺のほうを向いた。すっかり気を抜いていたので、いきなり目を向けられて、びくりとした。

「ずいぶんとお忙しいんですね。トークの間もスマートフォンを気にしていらっしゃいましたよね」

ジロリと勘ぐるような目で睨《にら》まれた。トークの最中ならいざしらず、サイン待ちの間ですら席を外してはいけなかったのだろうか。腑《ふ》に落ちないながらも、

「すみません」

と軽く頭を下げる。その下げた頭の先から今度は呆れたようなせせら笑いが聞こえてきた。

「東京じゃ、私のイベントに参加するなんて滅多にできないことなんですけどね。だ

からみなさん真剣に聴いてくださっている。それにひきかえ……」

言葉をいったん切って、会場を軽く見回す。サインをもらい終えた参加者は、三々五々もうすっかり会場をあとにしている。

「福岡に来て驚きましたよ。ずいぶんとのんびりしていてねえ」

小馬鹿にしたような苦笑が続く。「博多時間」という言葉がある。時間に対して厳密ではなく、悠長なさまをそんな風に言ったりもするが、きちきちとしていなくて鷹《おう》揚《よう》なのは、おおらかで寛大なこの街の長所だと思っている。俺はむかむかと気持ちが高ぶっていくのを必死で抑えた。

「はあ……」

「さっき、奥さまに伺ったのですが、不動産のお仕事をされているとか？」

「ええ」

俺が電話をしている間にそんな会話になったのだろう。

「赤の他人に借家や空き家を紹介するお仕事ですよね」

まあ、そう言ってしまえばそうだが……。とまどっている俺に、三宅がにやりと笑って言った。

「そんなお仕事していて楽しいですか？」

「え……楽しいっていうか……」

「やりがいなんてあるんですか？　そんな継続性のない人との関わりで、流れ作業みたいな毎日でしょうにねえ」

「やりがいは……それなりに」

「でもこうした時間も十分に楽しめないような慌ただしいお仕事なんですよね。せっかく私が自然に委ねる生き方の素晴らしさを説いているのに、心ここにあらずといった感じで。そんなお仕事に忙殺されるなんて残念ですね」

ねちっこさがまとわりついてくるようだ。そう思って下を向いていると、俺の横からいきなり梢が身を乗り出してきた。

「いいえ。とても立派な仕事だと思います。お部屋を探すことで、その人の暮らしを豊かにする手助けができるんですから」

何が起こったのかと呆気にとられている三宅を尻目に、梢が迷いなく付け加えた。

「彼の仕事を、そして仕事をしてる彼を私は尊敬しています。この人とこの街で、この先もずっと笑顔で穏やかに暮らすことが、私の望む未来です。いま、それがわかりました」

そうきっぱりと言い切って、

「行こうか」

と俺の手を引いた。彼女の本にも俺の本にもまだサインは書かれていなかった。

「いいのか？」

「いいの」

梢の顔には清々しい笑みがあった。ガラス張りの会場を振り返らずにあとにして、馴染みの通りに出る。それからこそっと秘密にしていたことを白状するように、

「三宅さんって夫婦仲が悪くって、別居中って噂《うわさ》されてるんよ。身近な人を大切にできんで、何が世界平和よね」

と言って梢は舌をペロリと出した。

「あ～なんかお腹空いた～。ねえ、裕くん、このあたりでステキなお店知らん？」

任せてくれ。この界隈は俺の主戦場だ。女性のお客さんを案内する時に必ず紹介する店がある。薬院裏通りにある「文月」。あそこなら、きっと梢もお気に召すはずだ。

――あと数日で満月を迎えます。心身のパワーが最高潮に達するでしょう――

さっき三宅が薄いシャツの袖から出た、折れそうな青白い腕を左右に広げて、滔々《とうとう》と言っていた台詞を思い出す。

……ということは。

店の前に着くとはたして、開店の目印でもある黒板製の看板が出ていた。

《仲良くちょいごはん　どうぞ》

その下に書いてある今日のおすすめメニューを梢が読みあげる。

「河内晩柑《かわちばんかん》とカッテージチーズのフレッシュサラダってよ。美味しそう！」

河内晩柑とは、熊本県の河内町で発見された柑橘《かんきつ》が原種の、グレープフルーツにも似た果物だ。地元食材を使ったデリの店で教えてもらった記憶がある。

「フルーツに生野菜、それに動物性のチーズやん。いいと？　そんなん食べて。体が冷えるっちゃないと？」

そう言う俺に、梢は何食わぬ顔でサラリと言う。

「私、今日わかったと。何を食べるかよりも美味しく食べることのほうが大切やってね。笑顔で美味しいねって言いながら食べるって幸せやもん。そのほうが体にいいに決まっとうって」

そう言ってから、店に続く階段をさっさと上っていった。

きっと店主の文さんが、今日ものんびりと俺たちを迎え入れてくれるだろう。旬の食材を小粋にアレンジしたこつまみと、美味しいお酒、生野菜も威勢よくパリッと音を出してくれそうだ。俺は梢に遅れないように、慌ててあとを追った。

芍薬と目玉焼き

朝七時起床。食パンをトースターで焼いている間に、年季の入った鉄のフライパンで目玉焼きを作る。白身のまわりがチリチリと縮んで焦げ目が付いてきたところで、フライ返しでそろそろと皿に移す。

「ゆっくりゆっくり……」

自分に言い聞かせる。あと少しで皿に載る、と思ったところで白身の端《はし》がフライパンに張り付いた。はがしているうちに、黄身がぐちゃりと潰れた。

「あ～、また失敗……」

古希《こき》を過ぎてからの料理デビューでは、さすがに成長著《いちじる》しく、とはいかない。がっくりと肩を落とす私に声がかかる。

「まあ、自分で食べるとやけんよかろうもん。形が悪くても味は変わらんって」

「お前、そうは言うばってん……。まあ、それもそうか」

仕方なく頷いて、黄身がだらりとこぼれた目玉焼きの皿の横に、焼き上がったトーストを置いて、ダイニングに座った。

「皮と身の間に栄養が詰まっとりますけん、丁寧に剝《む》いてくださいね」

会場には三十名ほどの男性が、似合わないエプロン姿で、包丁さばきに苦戦している。区民センターで定期的に開催されているシニアの男性向け料理教室は、抽選になることもあるほど人気だと言われている。区の広報誌で見つけるたびに、せっせと往復はがきを書いて応募しているのだが、幸いにもこれまで応募した三回とも参加証が送られてきた。

説明を聞いたあとで、同じテーブルになった六名が役割分担しながら実習を進めていく。私は野菜を切る係となった。向かいに座っていたピンクのポロシャツ姿の細身の男性が、野菜を洗い、ピーラーとかいうカミソリの簡易版のような器具でじゃがいもと人参の皮を剝く。わが家にはなかったこの道具が、すこぶる便利なのだ。

「百均で売っとりますよ」

との先生のアドバイスに半信半疑ながら天神の百円ショップを覗いてみたら、驚いた。これまでこういった店には、足を踏み入れたことがなかっただけに、まずはその広さにびっくりした。そしてアイテム数の多さ。文具や工具だけでなく、食品まで置いてある。これが全て百円で買えるなんて、感心するやら呆れるやら。中でもキッチングッズの充実ぶりには目を見張るものがあった。例のピーラーも何種類もあって迷うほどだ。サラダを作る時に教室で使った水切り用のカゴも見つけ、同時に購入した。

剝かれたじゃがいもが順々に私のまな板の上に置かれていく。それをまずは半分にし、あとは適当に何等分かする。だが、この「適当」が難しい。

「根菜類は一口大に切りましょう」

会場を見回りながら、先生が言う。先生と言ってもプロの料理家ではなく、自治会の女性が持ち回りで講師をつとめている。

「一口大ってどんくらいですか?」

「適当でいいですよ。野菜から旨みが出ますから、多少、大きめでも大丈夫ですよ」

隣のグループを覗き見すると、人参は三センチほどの角切りにしているのに、じゃがいもは一辺が五センチくらいの多面体に切られている。一方で、一口では入らないくらい大きなものやら親指の先ほどの小さいものまでまちまちになっているグループもある。

「要は、どうでもよかってことですかねえ」

困惑する私に、同じグループの仲間が、

「そういうことですね」

と表情を崩した。

四月にスタートしたこの教室の一回目のテーマは《毎日の朝ごはん》だった。ご飯を炊いて、味噌汁、焼き魚……と想像していたが、意外にも献立は洋食だった。

「朝に米を食べないと力が出ない」

と若い頃からこれまでもずっと和食党を貫いてきた私だが、実習後にグループで試食したものは、どれも美味しくて、新鮮な驚きを感じた。

「この年になっても新しい発見があるったいねー……」

　妙なことに感心しながらも、習ってきたベーコンエッグと、粉チーズとマヨネーズをドレッシングにするシーザーサラダに、コーヒーカップに豆乳とインスタントコーヒーを入れて電子レンジで温めるだけの豆乳コーヒーという朝食の献立を毎朝こしらえている。手際はよくなってきたようにも思うけれど、目玉焼きは油の量や火加減に難儀して、潰れた卵の黄身とともに食卓を飾ることが多い。

　今日のテーマは《基本の煮物》だ。難易度が高そうに思えた定番の肉じゃがも、案外簡単に作れた。この教室では、難しい手順を省き、初心者でも失敗しない作り方を考えてくれているそうだ。少し大きすぎたかな？　と危惧していたじゃがいもも、味が中までしっかり染みてほくほくしていた。

　早速、家でも披露したくなり、帰りに会場の最寄りの地下鉄の駅に隣接しているスーパーに立ち寄った。午後の二時間を使った教室での試食は、レシピに沿って作った分量をグループ六人で分けるので、ほんの一口だ。余計に腹が減る。私は今日の実習を思い出しながら、教室で配られたA４サイズのプリントを手に売り場を回る。

「野菜の数や種類は、レシピ通りじゃなくていいんですよ。冷蔵庫にある残りもので代用しても美味しく煮えますよ」

　先生はそう言ったが、そんなふうに自由にアレンジなどできない。プリントに書かれた「材料」の項目を上からひとつずつ丁寧にトレースしながら、籠に入れていく。

「じゃがいも三個……」

売り場には生憎《あいにく》五個入りのものしかない。困っていると、片隅に「少量パック」と書かれたコーナーがあった。見ると根菜類が一個ずつバラ売りされている。一個百円。一方、五個入りのものは「お買い得」という値札が貼られていて、三九〇円。それでも二個余らせてしまうならば、三〇〇円で使いきるほうが「お得」ではないか。自らの選択にほくそ笑みながら、握りこぶしほどのじゃがいもを、三つ籠に放り込んだ。百円以下の値段の差で悩んだり、野菜を余らせてしまう罪悪感なんか、自分で料理をするようになるまで、考えたこともなかった。

勤めていた頃には、資料を入れて運ぶのに重宝していたファスナー付きのビニール製のバッグも、今は買い物袋だ。レジを終えて買ったものを詰め込んだら、ずっしりと重い。店の自動ドアから通りに出て、肩にかけて歩こうとしたら、横から自転車がすり抜けていった。車通りの多い道でつまずいても面白くないなと思い、裏道に入った。

と、路地の入り口に置かれていた小さな看板にふと足が止まった。《ひとりの夜にちょいごはん　どうぞ》とチョークの文字。その下には、今日のオススメらしい野菜の名前が並んだメニューや、地元の地酒メーカーの銘柄が書かれている。その脇で何色かの色ガラスでできた照明が灯っていた。三日月の絵がデザインされた横にひらがなで「ふみつき」と切り絵のような文字が並んでいた。

「これは……」

ドキリとした。

バッグの中を覗いてみる。根菜だけでなく、豚コマ（今日の教室で教わったのだが、豚肉を加工する際に出る細切れのことをそう呼ぶらしい）二百グラムのパックもある。早く家に帰って冷蔵庫に入れなければならない。それはわかっていながらも、どうしてもその場を離れられなかった。少しの間なら大丈夫かな？　誰に聞くでもなく、そう判断して看板の脇の階段を上ってみた。

こざっぱりした狭い店内には、先客が二名。それぞれ外を向いたカウンター席で、黙々と過ごしている。声を出すのがためらわれるほどの静けさだ。飲み屋やレストランと言えば、賑やかなものだと思っていたので、この静寂には一瞬面食らった。が、すぐにその所在なさは解消された。若いおっとりとした雰囲気の女性店主が入り口で戸惑っていた私に、にこやかに声をかけてくれたからだ。

「どうぞ～」

古い木のテーブルに案内し、

「お荷物、よろしければこちらに」

と竹籠製の荷物入れを用意してくれた。重いバッグを差し入れると、バランスを崩して籠が傾《かし》いだ。すかさず店主が手を添える。

「すみません、荷物が多くて。家内に買い物を頼まれてしもうたんで……」

言い訳をしていると、開けっ放しになっていたバッグのジッパーから買ったばかりの野菜がひょっこり顔を出した。

「スーパーでのお買い物ですか？　もし何か冷蔵庫に入れておくものがあったら」

そう言って両手のひらを上にした「くださいな」のポーズをする。渡りに船だ。

「よかですか？　実は肉があったけん、ちょっと心配しとったとです」

「もちろんです！　お帰りの際に声をかけてくださいね。私も忘れないようにしますけど、怪しいので」

と最後は歯切れ悪く言って、首をすくめる。その仕草がなんとも微笑ましくて、私はさっきまでの緊張がすっかりほぐれていくのを感じた。

店の片隅には木製の本棚が置かれ、文庫本や古本などが並んでいる。テーブルやカウンターにも数冊の本が陳列されていて、自由に手に取ってもいいようだ。キッチンの片隅には、小さな白いポストが置かれている。

「なるほど……」

店の外の看板に《本が読めて手紙が書ける店》と書いてあった理由に納得する。

店主から渡されたメニュー表は、わら半紙を四つ折りにしただけの簡易的なもので、印刷ではなく、手書きだった。メニューの数も多くない。

「この店、どんくらいやっとうとですか？」

「なんだかんだ、もうすぐ六年なんですよ」

「え！　六年も！」

驚く私に、

「そんなになるのか～」

私たちの会話が気になるのか、奥にいた若い女性がつぶやいた。整えた身なりに磨かれたハイヒール。ハイボールだろうか、グラスの氷は半分くらい溶けている。

「まあ、休んでばっかりなので、正味はどのくらいか……って感じなんですけれど」

控えめに言う店主に、

「休みが多いって認識はさすがにあるんですね～」

今度はカウンターで本を開いていたサラリーマン風の男性がチクリと言う。

「もちろんですよ」

気心の知れた常連客なのだろう。さらりとかわしながらも、男性に向かって口を尖らす。静かだった店内がにわかに賑やかになる。

「そげん休みが多かとですか？」

と聞く私に、男性がワイシャツの袖をたくしあげながら、この店の定休日について教えてくれた。どうやら、月の暦に則って営業日を決めているそうで、三日月から満月の夜だけに開くという。季節の野菜を使ったこぢんまりした料理や温かみのあるインテリア、それから花瓶に生けられた花……。

「家内が好きやろうなー」

ポツリと言う。庭の花は、季節の訪れを教えてくれる。だからどの季節であっても楽しめるように、とあいつは手入れを欠かさない。もっとも忙しく働いていた時分は、そんなことなど気にも留めなかった。

「お買い物を手伝ったり、仲がいいんですね」

店主が目を細める。その目が一瞬閉じかけそうになって、パチパチと瞬《まばた》きした。夜もまだ浅い。店のエンジンがかかるのはこれからなのだろう。

「今度、家内ば連れてきますけん」

「楽しみにしています」

眠そうに右手で目をかるくこすってから、店主はぺこりと頭を下げた。

はじめての店に長居も無粋だ。軽く一杯だけビールを飲んで、会計をお願いすると、私が申告するよりも先に、ひんやりした豚コマのパックを手渡された。小さな保冷剤も一緒に付けてくれている。

「すみません。ずうずうしかことばお願いしてしもうて……」

「とんでもないです。こんな小さな店を見つけてくださってありがとうございます」

と頭を下げられてしまった。聞きたいこともあったが、どうしようかとぐずぐずしていると、

「奥さまがお待ちなんじゃないですか？」

と手にしたバッグに目を向けられた。

「はい、今日は肉じゃがとですよ」

自慢げに言うと、店主は眠そうな目をもっと細めて、

「美味しく煮えますように」

と呪文のようにつぶやいてから、階段の下まで降りて見送ってくれた。

「綺麗《きれい》ですね～」

釣られて見上げると、細い月が頼りなげに浮かんでいる空で、小さな星が煌《きら》めいていた。

家に着いて、荷物もそこそこにはやる気持ちで伝える。

「ふみつきって店が薬院にあったぞ」

大きな声でそう言ってから、今度は心の中でつぶやいた。

――きっと気に入ると思う。今度一緒に行こうな――

ソファの上に目をやると、几帳面に畳まれた洗濯物が置かれている。特殊素材で出来ているとやらで、薄いのに保温性がある黒い長袖《ながそで》の下着は、脱衣所の引き出しに幅いっぱいで入れられるように、のり巻きのようにくるくると巻かれている。ステテコ型のズボン下は小さく折り畳まれ、グレーのハイソックスは踵を入れやすいように袋状の複雑な畳み方をされている。

その横に、今朝、洗濯機から取り出してきたしわくちゃな洗濯物が無造作に山積みになっている。

「これならスイッチ押すだけで、乾燥までしてくれるけん、お父さんでも出来るやろ」

そう言って、娘の陽子《ようこ》が買ってくれた最新式の洗濯乾燥機は、確かに干す手間がなくラクだ。しかし、天気のいい日なら外に一時間も干しておけば乾くようなものでも、機械で乾燥を終えるまでにはびっくりするような時間がかかる。その上、せっかく洗いたてだというのにどれもしわだらけになってしまうのだ。

「何日ぶんも溜めるけんよ」

小言が耳に痛い。

「でも結構、面倒くさかよ。お前はこんな洒落《しやれ》た洗濯機、使《つこ》うたことなかろうばってん……」

いや、スイッチ押すだけのどこが面倒なんだ。反論の余地はない。シャツのしわを手で伸ばしながら、ため息を漏らす。そのまま畳まずにタンスの中に突っ込んだ。靴下はかろうじて一組になるように、左右を一緒に結んだ。

——こんな風には畳めないしな——

踵を出して平べったく畳まれたウールの分厚いソックスを取り上げて眺めてみたが、またソファの上に戻した。じんわりかいた汗を拭《ぬぐ》いながら、エアコンのスイッチを入れた。本格的な夏が近づいている。

次の料理教室の帰りにも「ふみつき」の前を通ってみたが、店は静まりかえっていた。『休みが多い店』と店主が宣言するだけのことはある。日が長くなったせいで、十八時を過ぎても星も月も見えないが、きっと三日月から満月の時期ではないのだろう。今日は少し長居をしてもいいように、と、冷蔵庫に入れなくていいものだけを選んで買ってきたのに、といくばくか気落ちするが、致し方ない。

先日は気付かなかったが「ふみつき」の下はギャラリーになっているようだ。ちょうど書道展のようなものが開催されている。こちらも閉館中のようだったが、ガラス越しに中の展示作品を見ることができた。象形文字に近い手法で、漢字やひらがなの文字が絵のように躍っている。その中のひとつ、花びらを模したような作品に目を近づける。芍薬《しゃくやく》という華やかな花の名と絵が見事に合致した美しさがあった。

帰宅すると、部屋にはあかりが灯っている。つけっぱなしで出てきてしまったか、と頭を抱えたが、玄関のカギを開けて入ると中から、

「おかえり」

という声とともに陽子が顔を出した。子供の頃は私に似ていると言われていた娘だが、今ではこちらがどきりとするほど声も体型も母親そっくりだ。今は車で二十分ほどのところにマンションを買って、夫と二人の子どもと暮らしている。

「なんだ、来とったとや」

「どうせろくなもの食べてないいっちゃないかと思って、作ってきたっちゃけど。こんな時間までどこふらついとったと?」

小言もいっちょまえだ。

「区の料理教室。ちゃんと食っとうけん心配せんでよかって言いよろうが」

「お父さんの料理ねえ〜。今度食べさせてもらおうかいな」

小バカにしたようにせせら笑うのを聞き流しながら、リビングに入る。一瞬、何か風景が違う、と感じた。

「ねえ、ちゃんと掃除機かけとう？　結構ホコリたまっとったよ。一応片付けもしておいたけど……」

乾燥までしてくれる洗濯機と一緒に、留守中に掃除をしてくれるというコンピュータ制御の自動掃除機も買い与えられた。話だけ聞いた時は便利だと思ったが、実際に使ってみたら、掃除機をかける前に、床に置かれたものを片付けたり、家具を移動して通り道を作らなくてはいけなかったりと稼働までの手間がかかる。結局、昔から使っていたほうきでたまに掃くくらいしかやっていない。

「多少ホコリがあったところで、何でんなかろうもん」

そうぶつぶつ言いながら、さっきから感じていた違和感のもとを探っていた。

「あ……」

私はドクンと響く胸の鼓動を感じた。ソファの上の洗濯物だ。それがすっかり片付いていたのだ。

「おい、ここにあった洗濯物は？」

「タンスになおしたよ」

私の動揺をよそに、陽子が呆れたように続ける。なおす、とは博多弁で片付けるの意味だ。

「だいたい真冬の下着やろ。なんでいつまでも置いとうとよ」

高鳴っていた鼓動が、やがて声となって溢れ出た。

「なんで余計なことばするとや」

荒らげた声に、陽子がぽかんとする。

「あれは、お母さんの、お母さんが畳んでくれた……」

嗚咽《おえつ》でそれ以上は続かなかった。あの夜のことを忘れたことはない。あいつはいつものように夕飯の片付けを終えて、このソファに座って私とたわいもない会話をしながら洗濯物を畳んでいた。やがて眠くなり、私は先に床に入った。夜中に目を覚まして、隣に誰もいないことに気付いた。リビングのあかりはついたままだ。かけた声に返事はなかった。突然のことだった。

「長患いをしたり、苦しまなかっただけ、よかったやん」

周囲から何度もそう慰められたが、残されたほうは堪《たま》らない。いつになってもそれを受け入れることなど出来ない。

陽子はソファに顔を埋める私をしばらく静かに見守っていたが、やがてゆっくりと口を開いた。

「気持ちはわかるよ。私だって寂しくないわけじゃなかよ。でも、もう半年以上たつっちゃけん。前に進まんと」

陽子は自らにも言い聞かせるようにつぶやいた。

――もう半年。そんなになるとか……――

心の中で声をかける。すると、

――もう、お父さん。いつからそげん涙もろくなったとですか？　年のせいかいなねえ――

ケタケタという笑い声がしっかり届いた。

――お前、おるっちゃろ？　なあ、近くにおるっちゃろって？　一人にせんどってよ。オレひとりじゃ何も出来んって、お前が一番知っとろうもん――


朝食の目玉焼きは今日も芳《かんば》しい出来映えではなかった。潰れた黄身をつつきながら、新聞を開く。

「今日も蒸し暑い一日になりそうです」

テレビから聞こえる音を確認するでもなく、新聞の天気欄に目をやる。こちらも見ただけで汗ばみそうな数字が並んでいる。今からこの気温では、真夏が思いやられる。その横に、図や数字でいくつかの情報が書かれていた。

「なるほど。ここを見ればよかとか……」

その中に「月齢」という表記があった。今日は月齢十三・二日。添えられた絵によると、満月の少し手前くらいだ。

そわそわしながら夕方を迎え、そういえば、と戸棚を開けてみたが、生憎、菓子箱は空っぽだ。この間陽子が京都みやげとか言って持ってきた佃煮が……と思って冷蔵庫を開けてみたが、未開封の箱の裏の賞味期限はとっくに過ぎている。

「仕方なか。薬院に行く前に天神のデパートでも寄って、ギフトセットでも買って行くか」

そう思ってふと窓の外を見たら、庭で濃い青色の花が重そうに頭を揺らしている。私はハサミを取りに台所に行った。


今日は店の前にちゃんと看板が出ている。下のギャラリーはこの間の絵のような作品群ではなく、子供の書道展に変わっていた。まだ紙と文字とのバランスが摑みきれずに用紙いっぱいに書かれた大胆な筆跡に、自然と笑みが溢れる。階段を上り、店のドアを開けると、今日もおっとりした店主が出迎えてくれた。

「先日はご迷惑ばおかけして。ちょっとしたお礼ですが、これ、庭に咲いとったけん……」

「わあ！　紫陽花！」

「持って来る間にちょっとしおれてしもうたばい」

重そうな頭がくたっとしている。

「水切りすれば大丈夫だと思いますよ」

そう言って、店主がてきぱきと花ばさみで処理をする。その小気味よい音を聞きながらビールを傾けていると、

「ほら、見てください」

嬉しそうな店主の声に顔を上げると、庭に咲いていた時と同じように、紫陽花が生き生きとしたガクを携えて透明のグラスに短くいけられている。

「綺麗ですね～」

店主の声に、カウンターに座っていた客が振り向く。夫婦だろうか、仲良くサラダをつつき合っている姿が微笑ましい。

「そういえばアジ、もうすぐお誕生日ですね」

どうやら女性のほうは、はじめて来たようだが、男性は馴染みの客のようで、気さくに声をかけている。

「そうなんですよ」

にんまりと笑いながら店主が続ける。

私がぽかんとしていたのだろう。店主が慌てたように説明する。

「アジって、うちの猫の名前なんです。この季節に来たから紫陽花に由来して命名したんですよ」

紫陽花、大好きなので……と微笑む店主に、

「そうやったとですか」

と言ってから、

——さすがやねえ。気の利いたもん持たせてくれたやないか——

と心の中で頭を下げた。カウンターでは、

「閉店準備をしてたら、店の前に生まれたばっかりの子猫が迷い込んできて、そのまま保護したんやって」

と男性が奥さんらしき女性に説明していた。

河内晩柑とカッテージチーズのフレッシュサラダ、行者ニンニクのオムレツ、梅と大葉のワンタン揚げ。どれも湿気の多いこの季節に体がさっぱりするような爽やかな料理だった。行者ニンニクというのははじめて聞いたが、短い草ネギのような形をした山菜のことで、これは北海道の知人から送ってもらったものだそうだ。バター風味のオムレツにほどよいニンニクの香りと辛みが利いている。それより何より、私はオムレツがふんわりと形よく仕上がっているのに注目する。私が作ったら、炒り卵になってしまうな、とひとりで苦笑をする。

会計を終えて、ドアを開けると、ちょうど親子連れが階段を上ってくるところだった。すれ違うのには少し難しい狭い階段だ。二人が上りきるまでそこで待っていた。

「すみません……」

会釈してから、母親が店のドアに手をかけるのと入れ違いに、階段を降りようとしたところで、

「あれ？　前嶋《まえじま》校長先生じゃないですか」

反射的に振り向いた。生徒や保護者の顔を全員覚えている訳ではない。でも、PTAなどで顔を合わせることの多い人もいる。確か、退職前に勤めた小学校で役員をしていた三崎さんだ。看護師の仕事をしながらも、熱心に広報委員を務めてくれていた。「校長に聞く」というコーナーを担当していたこともあって、印象深い。

「おや、こんばんは。お久しぶりですね」

「ええ、先生もお元気そうで。この娘《こ》ももう高校生なんですよ」

一緒にいた制服姿の少女がぺこりと頭を下げる。この間まで小学生だった教え子たちが、すっかり成長している姿を見ると、晴れがましいような、寂しいような気持ちにもなる。

「そうですか」

しみじみしていると、三崎さんが神妙な顔を向けてきた。

「立花《たちばな》さんに伺ったのですが……。奥さまのこと、ご愁傷《しゅうしょう》さまでした」

立花さんは校区の名士で、学校との繋がりも深い。ごく内々で、とした葬儀の際にも参列してくれていた。

新規の客を店内へ案内するために、店主がドアのところまで来ていた。早くその場を離れたかった。

「はあ」

私は聞かれたくない話題を避けるように曖昧に頷いて、足早に階段を降りていった。


《はじめての魚料理》という講座名に、今回ばかりは応募をためらった。魚釣りが趣味の人には朝飯前だろうが、私には魚を捌《さば》くなどはかけ離れた世界だ。実は血が苦手だ。まな板の上で生魚を……と想像するだけで身震いする。だが、書かれていた内容を見て、なんだ、と思った。「魚を捌く手間なく、丸ごと調理します」とあったからだ。

それなりに緊張して出向いたわりに、帰りの足取りは軽かった。メインの魚料理は小ぶりの魚を丸ごと揚げて、調味料に浸すだけの「南蛮漬け」だった。先日、あんな会話を聞かれてしまった。もう「ふみつき」に行くことはないだろう……と内心思っていた。でも、どうしても寄りたくなったのは、今日の教室で使った魚が「アジ」だったからだ。

「アジってうちの猫の名前なんです」

そう言った店主の顔を思い出したのは、

──寄ってきたら──

とあいつに言われているようだった。実は朝刊でちゃんと月齢もチェック済みだ。

「アジ」が背中を押してくれた。

店に入ると、今日はいつにも増して、店内が静まり返っている。客が黙々と机に向かっている姿は、まるで試験会場のようだ。驚いていると、

「こんばんは〜。今日は《ふみの日》なんですよ」

「え？」

あまりのことに言葉を失っていると、店主がきょとんとする。

「毎月二十三日は、《ふみの日》ってことで……」

ああ、そういうことか。昔の郵政省が毎月二十三日を《ふみの日》と制定したことは知っている。大袈裟に反応してしまった自分をなだめるように、店主の話に耳を傾ける。

「レターセットのサービスをしているので、お手紙を書いていかれる方が多いんですよ」

よかったらどうぞ、と手渡された便箋を前に、私はしばらくぼんやりしていた。長い時間をかけたわりに、たいした手紙にはならなかった。

「これ、家内に書いっちゃけど、どげなもんでしょうかね」

店主に手渡しながら、自虐的に笑って続ける。

「いつか一緒に来たいなんて……。なんか恥ずかしかですね」

すると店主が、

「もう、いらしているんじゃないですか？」

驚くようなことを言って、店の奥を見た。その視線の先には、小さなオレンジ色の花がガラスの花瓶に生けられている。

「先日いただいた紫陽花と一緒に、お庭の草花も一緒に付いてきたみたいです」

どこから切っていいのかもわからずに、乱雑にハサミを入れて持ってきた。絡まっていた草花も一緒に切ってきたのかもしれない。

「紫陽花は終わってしまったんですが、あとからこのお花が咲いてくれたんですよ」

その声に、カウンターで手紙を書いていた小柄な女性が振り向く。

「これ、キバナコスモスですね……」

「コスモス？」

「ええ。コスモスは秋のイメージですが、これは暑さに強い品種で、この時期から盛夏にかけて咲くんですよ」

「よくご存じですね」

　私が感心すると、

「悠那さんは、植物にお詳しくて。いつも教えていただいているんですよ」

　と店主が言う。

「奥さま、緑の指をお持ちだったんですね」

「え？」

　あいつの指は台所仕事でささくれもあって、白魚のような、とは言えなかったけれど、緑色なんかではなかった。返答にとまどっていると、

「植物を育てるのが上手な方のことを、そう呼ぶんですよ」

　と店主が続ける。それならば合点がいく。間違いなく「緑の指」の持ち主だ。

「最初にいらしてくださった日、ずっと固い蕾《つぼみ》だった芍薬が開いたんですよ」

「芍薬って切り花になると、咲かせるのが難しいんです」

　悠那さんが教えてくれる。蕾の先から出る蜜を拭いたり、手で揉《も》んだりと手をかけてやる必要があるそうだ。

「全然開かなくて、もう無理かな、って思っていたら突然パッと咲いたんですよ。あとで、もしかしたら奥さまがご一緒だったのかも、って気付いたんです」

「それで頑なだった芍薬の心がほどけたんですね」

悠那さんが納得したように大きく頷く。

「立てば芍薬、座れば牡丹《ぼたん》、歩く姿は百合《ゆり》の花……ですね」

以前も同席したサラリーマン風の男性がポツリとつぶやいた。いつだったか、下のギャラリーで見た作品を思い出す。「芍薬」という漢字を絵のように書いていたものだ。あいつはそんな美人じゃなかったけれど、あの作品に心惹かれたのは、そういうことだったのかもしれない。

――ふみこ……。そうか、お前、来とったとか――

この店の名前「ふみつき」を見つけた時、お前が来てくれたんじゃないかと思った。ここにいれば会えるんじゃないかって。だからどうしても入らずにはいられなかった。

そして、最初に来たときからずっと聞きたかったこの店の名前の由来を尋ねる。

「私の名前が『文』と書いて『あや』って読むのでそれで。あと父の誕生日が七月ってこともあって……」

「そうでしたか。実はうちの家内は、『ふみこ』っていうとですよ。やけんつい親近感を持ってしもうて」

「そうだったんですね。じゃあきっと奥さま、うちの常連さんですね」

にこりと笑って、手紙を差し出してくれた。

「直接お渡しください」

「そうですね」

私は店の奥でひらひらと蝶のような軽やかさを見せているオレンジ色の花にもう一度目をやってから、店をあとにした。

――ふみこ、これからもずっと見守っとってくれよ――

――はいはい。いつでもこうして近くにおりますよ――

見上げた空のぷっくりした月が滲《にじ》んで歪《ゆが》んだ。そのいびつな形が可笑しくて、涙を拭いながら笑った。


「テフロン加工、テフロン加工……」

ホームセンター内をぶつくさ言いながら歩く。文月で目玉焼きの悩みを話したら、文さんが教えてくれたのだ。

「テフロン加工なら、焦げ付かないですよ。でも鉄のフライパンのほうがカリッと美味しくできますから、慣れたらまた鉄を使ってあげてくださいね」

ふみこが愛用していたフライパンの出番はもう少し先ということだ。レジに並びながら、ラックに置かれていた家庭雑誌をぺらぺらめくる。巻頭に料理特集。そのあとは、生活のいろはを写真で紹介する連載が続いていた。見ていくと、

「あ！」

あの踵の出た靴下の畳み方が、わかりやすい手順を追って紹介されているではないか。私はフライパンの入った籠に雑誌を放り込んで、レジの順番を待った。

食べる菜の花、見る菜の花

朝のカフェは集中力が増す。いつものように厚切りトーストサンドと人参のラペのワンプレートのモーニングを注文する。オーダーの順番を示すナンバーカードとセットドリンクのカフェラテが注がれたマグカップの載ったトレーを手に、先に荷物だけ置いてキープしておいた奥のソファ席にどかっと腰をおろす。一人掛けの黒いソファに、体ごとやわらかく包まれた。ガラス張りになった店内から、天神地下街、通称「テンチカ」を闊歩する人たちの流れを眺めているうちに、フードが届いた。

サンドイッチを一切れ食べたところで、バッグの中からA４サイズのテキストを取り出す。この文法書を兼ねた問題集の第七課を終わらせるのが今朝の自分へのノルマだ。ソファに預けておいた背中をはがすようにして姿勢を正すと、ワイヤレスのイヤホンを両耳にねじ込み、スマホに同期させたリスニング音源の右矢印を押した。

高校時代の親友の遥香《はるか》がロンドンにいる。イギリス企業の日本支社に勤めているので、本国への転勤は頻繁だ。長くマンチェスターにいたが、そのあとはしばらく東京支社で働いていた。この春からロンドン本社に配属になった。引っ越し前の二ヶ月ほどの間、準備のための休暇を使い地元の福岡に戻っていた。

「ロンドンかあ〜。いいねえ」

薬院にあるお店「文月」で会ったのは三月のことだ。昨年の秋にこの近くに引っ越してきてから見つけた店だが、一人でも居心地よく過ごせるのと店主の文さんの気さくな雰囲気が気に入って、会社帰りに立ち寄ることも多い。《こつまみ》というスモールポーションのおつまみは、季節感のある野菜を中心に構成されている。菜の花の白和《しらあ》え、うるいのピーナッツ和え、新ゴボウのから揚げといった春らしいメニューが並ぶ。

遥香がこつまみの小皿を持ち上げながら、キッチンのカウンターに目を向ける。

「それって同じものですか？」

視線につられて見ると、ガラスのコップに黄色い菜の花が飾られている。

「気づいちゃいました？　実はそうなんです。食用の菜の花を束で買ってきて、半分はこつまみに、半分はこうやって」

包み込むようにコップに両手を添えた文さんが、語尾に♪のマークを付けたように話す。まるで歌っているようだ。

「観賞用の菜の花の旬はもう少し先なので、こうやって食用のものを飾っちゃってるんですよ」

鮮やかな黄色がキッチンまわりを明るくしている。

「ひとつの花が食材にも観賞用にもなるんですね」

私が感心したように言うと、

「花が開いてからだと、固くなって苦みが強くなるので食べるのを敬遠される方もいらっしゃるんですけど、私はこれはこれで好きなんですよ」

と文さんが笑う。胡麻の風味がしっかり利いているのに、菜の花特有の青々しい味わいもちゃんと残っている。

「ええ、春らしくて美味しいです」

私が言うと、

「あっちじゃあ、こんな繊細なお料理いただけないから、しっかり味わっていこうっと」

と遥香が大真面目《おおまじめ》な顔で頷いた。文月の人気メニューの薄切りショウガハイボールを傾けながら、束の間のひとときを楽しんだ。照明がほどよく落ちたお店のほんわかした空気が会話を弾ませた。

遥香の転勤が決まるたびに、彼女がいるうちにイギリスに遊びに行きたいと思うのだが、なかなか実現できないでいる。そうこうしているうちに帰国が決まってしまうのが常だ。

「今度こそ来てよね」

遥香が丸い黒ぶち眼鏡《めがね》の奥から、大きな目を見開く。

「だいたい何年くらいの予定？」

「会社都合やけんわからんけど……でも最低でも三年はいるんじゃないかな」

どこの企業もご多分に漏れず、経費の節約には余念がない。それは外資系も同じことのようだ。転勤の頻度も以前ほどではないらしい。

「三年かあ。おたおたしとううちに四十歳に手が届くやん」

「そうだよ。やけん三年とか言わんで、すぐに来てよ」

「わかった。じゃあ、来年の夏休みに行くって決めよう」

つられてつい大口を叩いてしまう。でも勢いが大切だ。

「おお、いいねえ、その心意気。期待して待っとうけんね！」

約束の「来年の夏休み」まで一年ちょっと。それまでに一人旅で困らないくらいまで英会話ができるようになっておこう。目標ができたら、俄然《がぜん》やる気になった。四月から週末に開講している英会話教室に通いはじめたが、学生時代から十年以上のブランクがある。上達したという実感はいまのところない。

「週に一回まとめて勉強するよりも、毎日十分でもやったほうが身になりますよ」

英会話学校のネイティブの、でも日本語を母国語のように操れる講師が口癖《くちぐせ》のように言うのに倣《なら》って、出勤前にカフェで勉強をすることにした。同じような気概の人が多いようで、朝のカフェでは、語学や資格取得のためのテキストを開いたり、ＰＣに向かって企画書などに取り組んでいる人が目につく。自宅だとついユーチューブ鑑賞に走ってしまう私でも、自然、ここでは勉強に集中できる。他人の目とある程度の喧喉がそうさせるのかもしれない。

問題集の一ページをようやく終わらせ、一息ついてカフェラテに口をつけた時、ガヤガヤとした一団が店内に入ってきた。私の座っている席とちょうど背中合わせになったところにある四人掛けのテーブルを陣取ったのは、三人組の女性だ。そのうちの一人はバギーをひいていて、もう一人は子ども連れだ。小学校にはまだ入らないくらいの年齢だろう。電車のおもちゃをかかえて、店内を走り回っている。

「もう、そっち行かんと！」

母親らしき女性が男の子の手をひいて、呼び寄せた。そのまま注文カウンターへと向かう。

「スリングに入れていくけん」

その声のあと、ややあって、肩から下げた大きな風呂敷のような形状のものに赤ちゃんを入れて抱っこした女性が続いた。どうやらこの風呂敷がスリングというものらしい。バギーを席の横に残し、この風呂敷に赤ちゃんを移動させたようだ。最後にゆっくりと歩いていく女性はお腹が大きい。こちらは妊婦だ。三人並んでカウンターのところで注文している騒々しい声が静かな店内に響く。

うるさい……。

そう思っているのは私だけではなさそうだ。さっきまで熱心に書類やＰＣと格闘していた数人が顔をあげ、舌打ちをするような表情でカウンターのほうに目をやっている。

「え～と、なんか子どもの飲めるようなものありますか？　リンゴジュースとか」

「ジュースですと、こちらのブラッドオレンジになりますが」

「じゃあ、それでいいです」

「りんご、りんご」

とごねる男の子に、

「オレンジでいいやろ！」

と言う。

「ノンカフェインはどれですか？」

妊婦が言うと、

「私も授乳中やけん、コーヒーはちょっと控えたいちゃんねー」

とスリングの女性が続く。

だったら、こんなカフェに来んでよ。ファミレスとか、もっと子ども連れにふさわしいところがあるやろ。私は苦々しい気持ちでいっぱいになった。席に戻ってくると、その集団は一段と声が大きくなった。ちょうど角に位置していてガラス張りの正面からは死角になっているせいで、気持ちが緩んでいるのだろう。会話は店内のかなりの範囲にまで聞こえているはずだ。

「あ、ちょっと待って、私が飲んでから」

はやる子どもを抑えているのは、オレンジジュースを頼んだ母親だ。

「うわっ、すっぱ！　これ子どもには無理やね」

呆れたような声が続いた。それからバッグの中をがさごそやって、

「これ、飲みよきー」

持ち込んだものだろう。紙パックの飲み物をストローで吸うちゅーちゅーした音に、ぱりぱりとスナックを齧《かじ》る音も交ざった。

「それでオムツは決めたと？」

「いまサンプルを色々集めとっちゃけど、実際に試さんとわからんもんね」

快活に話すのは妊婦だろう。

「うちは○○使っとうよ」

とスリング女。カチャリというバギーの金具を留める音が交ざる。

「いいって聞くよね」

「色々試したけど、やっぱり全然漏れんけん」

「え～。うちは△△を使っとったなあ。ほらうちの子、オムツかぶれがひどかったけん。△△は素材が他と違うやん？」

オレンジジュースの彼女だ。子どもが電車の走行音を口に出しながら騒いでいるが、注意もしない。

「わあ、△△！　すごい高級志向」

高級志向で育ってもこの程度か……。紙パック片手に床に寝転がっておもちゃで遊んでいる男の子をちらりと見やる。

「なんしようとよ、もう～、こぼしてから～」

男の子が紙パックを強く握ったせいで、ストローの穴からジュースが溢れている。

「お股までびっしょりよ！」

スリング女がケタケタと笑う。

「おしっこじゃないですよ～。ジュースですよ～」

後ろの席がどっと湧いた。その瞬間、私は耐えきれずに席を立った。

恥ずかしい……。公衆の面前で臆面もなく、オムツだおしっこだって。なんて下品なんだ。しかもここは飲食をする場所だ。母親になると、わきまえるってことを忘れてしまうのだろうか。子どもがいると何でも許されると思っているのではないか。

——子どもなんて絶対いらない——

心からそう思った。

伯父《おじ》の七回忌の法事に、家族を代表して私がひとりで参加することになった。伯母からは両親も招待されていたのだが、珍しく父が風邪をこじらせた。家のことを何もできない父をひとり置いていくことも出来ず、母は父ともども留守番となった。

「悦子《えつこ》さんにくれぐれもよろしくね。小枝子《さえこ》んとこは夫婦で海外旅行中っていうけん、深雪《みゆき》ちゃんが来るっちゃない?」

亡くなった伯父には二人の妹がいる。母が上の妹。妻の悦子伯母さんとは、義姉妹の関係になるが、実の姉妹のように仲がいい。伯父の下の妹、つまり母の妹が小枝子叔母さんだ。一人娘の深雪ちゃんは私より三歳年下なので、今年三十四歳だ。

伯母の家に着くと、深雪ちゃんが台所でお茶の準備をしていた。

「梓《あずさ》ちゃん、久しぶり~」

ストレートのロングヘアをひとつにまとめ、化粧っけもない彼女は、まだ学生のようにも見える。さすがにお腹が目立っているだろうと思っていたのに、それほどでもない。

「あら、梓ちゃんが来たなら代わってもらって」

悦子伯母さんが顔を覗かせる。

「深雪ちゃんは座っとってって言いようやん……」

「ついやってしまうんよ。座っとられんくて」

「体調どう？」

「全然大丈夫〜。笑えるくらい順調やけん」

「お腹、そんなじゃなくない？」

「初産だとあんまり大きくならんのやって」

そう言いながらお腹に手をやる。

「予定日いつやったっけ？」

「来月。いま三十五週め。でもお医者さんが、しっかり育っとうけん、少し早めに出してもいいかもって。逆子が戻らんけん、帝王切開することになったっちゃけどね」

「楽しみだね」

私は精一杯の笑みを作る。

「深雪ちゃん、よくがんばったもんね。きっといい子が産まれるわよ」

悦子伯母さんがしみじみとした調子で言う。深雪ちゃんは二十代半ばで結婚してすぐに妊活をはじめたそうだ。でも、なかなか授からずにいたと母から聞いていた。

「もう無理かもって何回も思ったけど、諦めなんでよかった」

深雪ちゃんの声が少し震えていた。

「あとは私がやるけん、座っとけば？」

私が声をかけると、

「でも私、勝手がわかっと｜けん。ここに来るとつい体が動くっちゃん」

深雪ちゃんは学生時代に一時期、この家に下宿をしていたことがある。食器棚から自分の家のように湯呑《ゆの》みを出し、てきぱきと茶缶の蓋《ふた》を開けては、急須に湯を注ぐ。

不妊の末に授かったのが嬉しいのはわかる。でもそうまでして子どもが欲しいっていう心理が私には全く理解できない。子どもを産むってそんなに偉いことなんだろうか。私は手持ち無沙汰なまま、キッチンのポジションを勝ち取ったかのように、誇らしげに湯呑みを動かしているむくんだ指先をぼんやり見ていた。

女性の幸せが結婚と子育てだなんて、いつの時代だ。友人たちが次々と結婚して専業主婦となっていくのをよそに、私は着実にキャリアを重ねていった。今では何人もの部下を抱える立場になった。がんばってきた証《あかし》だ。子育てをする人生よりもキャリアを重ねることを選んでよかったと心から思える。だいたい、いろいろな可能性を捨てて、子どもを作って家庭に入るだけの人生なんて勿体ないじゃないか。

伯母の家に住職を迎え、お経をあげてもらったあとは、近くの料亭で食事となった。親戚の中でとりわけ話題もない私は、とにかくこの場が終わることばかりを考えていた。疲れだけが溜まって、満腹感とはほど遠かった。

――月が満ちていく時期やけんお腹の子がすごい元気なんよ――

深雪ちゃんがさっき、お腹を触りたがる親戚たちの輪の中で発した台詞を思い出す。月の満ち欠けと胎児の関係はわからないが、これなら私にもわかる。

今日は文月がやっているということだ。

文月の営業日は三日月から満月の間だけだ。店主の文さんの都合らしいが、詳しい事情まではわからない。喪服のまま訪れるのもどうかと思い、いったん家に帰って着替えてから出直す。真っ白のシャツワンピにデニム姿になったら、これまでの鬱々《うつうつ》とした気持ちが一気に晴れた。軽い足取りで裏路地を目指した。

お店の下には「開店」の証でもある、小さなA形看板が出ていた。チョーク書きのできる黒板素材でできたその看板には、

《憂さ晴らしのちょいごはん　どうぞ》

と書かれていた。

「憂さ晴らしか……」

心の中に意地悪な自分がくすぶっている。いい大人だ。表面上にそれを出すことはない。でもたまには本心を吐き出したい時だってある。

いつもは静かな店内が、今日は賑やかに活気だっていた。女性ばかりが四名。でもグループというわけではなく、それぞれ別々に来店しているようだ。

「新人の子に、おじさん達が『仕事ばっかりしとったら佐伯《さえき》さんみたいになってしまうよ』とか、これ見よがしに言うとよー」

五十代くらいの女性だろうか。手足の長いすらっとした体型にチャコールグレーのパンツスーツがほどよくフィットしている。襟元にあしらったスカーフも上品だ。ビールを片手にしている指先には淡いベージュのネイルが控えめに施されている。隅々まで手入れが行き届いている。

「ええ！　許せないっ。うちにも頭の固い上司がいて、働き方改革が一向に進まないんですよ」

奥にいた女性が、呆れたように声をあげた。こちらはすっぴんに近いようなナチュラルメイクに、最近リバイバルヒットをしている洋画のロゴをあしらったTシャツと履き込んだスニーカー姿のキュートな女性だ。

「だいたい百貨店なんて、古い体制なんやけん」

「わかります、わかります。私の勤務先じゃあ、子どもを産んでこそ一人前みたいな風潮あるしねえ」

そう答えているのは、落ち着いた雰囲気のある方。傍らに置いてあるカメラはご自

身のものだろうか。想像していると店主の文さんが、私を招き入れながら、

「天神のデパートにお勤めの葵《あおい》さんが、上司の男性に嫌みを言われたって、いま、みなさんで憤慨していたところなんですよ」

と、スーツ姿の女性を紹介しながら解説してくれた。私は本日のこつまみとこの季節限定の自家製梅酒を注文してから、会話に耳を傾ける。

「私は高校で講師をやりよーっちゃけど」

さきほど話していたカメラの女性が私にも顔を向けて話を続ける。

「母親や子どもの気持ちが、子どもを産んだことのない人にわかるかって言われたりするんよー」

「そんなの関係ないですよ。うちの後輩で海外の保育や教育に詳しい子がいるんですが、向こうだと専門職でちゃんと教育を受けているってことで、教員や保育士はとても地位が高いみたいですよ」

ロゴTの女性がふてくされたように言う。

「そうなんやけどね。でも感情は理論に勝ってしまうんですよ、残念やけど」

と教員さんががっくりと頭を落とす。

「それって、逆マタハラですよね」

私も話に加わると、一同が首を縦に振った。

「私も若い子に交じって修業しているけど、ダメ出しばっかりで嫌んなっちゃう」

ハイボールグラスを片手に舌ったらずな声で話すのは、たまに文月で見かける若い女性だ。

「莉絵さんは、いま、靴のデザインの勉強をされているんですよ」

文さんがみんなの顔を見回して言う。

「大人になってから新しいチャレンジをするってすごいことやん」

教員さんがやわらかく声をかけた。

「どんな生き方がいいんでしょうね～。私もわかんなくなっちゃいましたよ」

いつもにこやかな文さんも、今日はどことなく元気がない。首を前に出して、ぷう～と口を尖らせているのが、いじけた子猫のようで、頭を撫でてあげたくなる。

「あれ、文さんが元気ないの珍しいじゃないですか～」

と言う莉絵さんに、

「文さんにもいろいろあるとよ」

キッチンに戻っていく文さんの代わりに教員さんが答えた。

文さんの動きにつられたのか、店内に飾ってあった大きな枝の植物がざわっと揺れて、丸い実が震えた。名前のわからないその植物の枝に花はなく、実ばかりがたわわになっていた。

英会話スクールの一クールが終わった頃には、講師がゆっくり話す内容の七割くらいまではなんとなく聞き取れるようにはなった。もっとも正しく理解しているかどうかはアヤシイところではあるが。毎朝の勉強のおかげで、中高で学んだ文法の復習も一通り終えた。海外でのショッピングくらいはなんとかなるだろう。そう思っていた矢先だ。ロンドンの遥香から長いメールが届いた。休職をすることになったため来月に帰国する、という突然の内容にびっくりしたが、理由にもっと驚いた。妊娠をしたためだという。相手は会社の上司だが、結婚の予定はないという。

ずっと自分と同じだと思っていた。この先もそれぞれキャリアを重ねてお互い切磋《せっさ》琢磨《たくま》して、そうして年を重ねていくのだと信じて疑っていなかった。遥香の未来に本人以外のものが重なることなど想像だにしていなかった。

ぼんやりとした頭の中に、今までにない気持ちが湧いてきた。

私の人生は、これで正しかったんだろうか……。

重ねてきたキャリアよりももっと大事なものを、どこかで手にしなくてはいけなかったのではないだろうか。耳の中で、もはや用なしとなった、英語の音声がエンドレスで流れていた。イヤホンをそっと外し、バッグのポケットの中にしまい込んだ。

文月では、毎年この時期には店内に笹の葉が飾られ、短冊に願い事を書かせてもらえる。それを楽しみにしているお客さんも多いそうだ。それもそのはず。文月の七夕は「ぜったい願いが叶う」と文さんが太鼓判を押しているからだ。

「去年も叶いましたって報告してくださる方がたくさんいらっしゃいましたよ」

文さんが自慢げに胸を張る。今夜の先客は私よりも少し年上だろうか、サーモンピンクのブラウスを着た女性がカウンター席にひとり。彼女も、早速、短冊を笹に括りつけている。七夕にはまだ少しあるが、すでに笹の葉が重そうに頭を垂らしている。

他人の願い事を読むのも……と思っていたが、

「みなさん、ステキな願い事ばかりなので、ぜひ見ていってください」

文さんが背中を押してくれた。

☆開発した化粧品がユーザーに喜ばれますように　悠那
☆彼と仲良く文月ごはん　筒井奈津子
☆みくのお誕生日会の成功♪　胡桃
☆みくちゃんのお誕生日会に行く~!!!　すず

☆今年こそ……社内改革実現＆恋愛成就　水科
☆料理がもっとうまくなりますように　前嶋
☆健康第一＆家内安全　高槻裕＋梢
☆新刊、売れますように　大城
☆いつか写真展をやってみたいな　安曇
☆そろそろ幸せになりた～い♡　莉絵
☆いつも笑顔で　あや

「私のはこれですよ」

ブラウス姿の女性が、
☆家族みんなが穏やかに暮らせますように　三崎
と書かれた短冊を指さす。

「何よりの願い事ですね」

「ええ、夫と娘の分も。三崎家代表で」

と笑う。

「娘さんがいらっしゃるんですか？」

と尋ねると、

「茅耶ちゃん。高校生なんですよ～」

キッチンから文さんが返事をした。なんでも制服姿のまま、文月にひとりで来たこともあるんだと教えてくれた。

「文さんの願い事も素敵ですね」

私が言うと、

「父の短冊の定番だったんです。あやがいつも笑って暮らせますように……って」

「いいお父さま」

三崎さんが頷く。文さんは、一瞬、遠くを見るようなまなざしで窓の外に目をやった。そこには大きな月が輝いていた。

「文さんは単身、福岡に来て、ここでお店を切り盛りしているんですよね」

亡くなったお父さまがこちらのご出身だったそうだ。前に常連のお客さんからそんな話を聞いた。

「えらいですね」

三崎さんが感心したように言うと、文さんが恐縮したように小さくなる。

「いえいえ、とんでもない。ただ、ここが私にとって住み心地がよくって居着いちゃったってだけです」

「でも、冬はどこかに行かれちゃうって……」

文月は真冬の、確か二月だったかは一ヶ月間お休みをしてしまう。文さんは「冬ごもり」と呼んでいるけれど、その時期はどこか別の場所で暮らしているらしい。

「寒がりなので……。仕事する気がなくなっちゃうんですよね」

のんびりした口調と返答に、思わず笑みが漏れる。

「自分の居場所があって、自分の体の声を聞きながら暮らせるなんて」

と私が言うと、

「羨ましいです」

と三崎さんが続きを引き受けてくれた。

七夕飾りの脇には、金魚を飼うようなガラスの水鉢に、大きな葉を茂らせた植物が根を張っている。水栽培をしているようだ。

「これ、蓮《はす》ですか？」

文さんに尋ねると、

「ヤツガシラです」

と答える。

「え？　ヤツガシラってあのお正月料理に使う？」

スマホを操作していた三崎さんが驚いたように顔を上げる。

「そうです、そうです。お芋ですよ。食べてももちろん美味しいお芋ですけど、こうやって葉を楽しむことも出来ちゃうんですよ」

すごいでしょ～、と子どものように鼻を膨らませながら私たちの顔を見回す。

「そういえば、春先にはこつまみに使った菜の花を、花瓶にいけたりしてましたよね」

ここで遥香と会った日のことを思い出す。あの頃はまだこんな迷いなんてなくて、ひたすら前を見ていたのに……と思うと、少し寂しい気持ちになる。

「でしたね～」

文さんが他人事のように言うのが可笑しくて、くすりと笑った。

席に腰掛け、メニュー表を開いていると、入り口のドアが申し訳なさそうに開いた。文さんはキッチンで調理中で気付いていないようだ。

「文さ～ん。お客さんみたいですよ」

キッチンに届くように少し声を張ると、文さんがリネンの手ぬぐいで手を拭きながら、

「は～い」

と出迎えた。

「あの……。お酒は飲めないんですけれど、いいですか？」

おそるおそる顔を出したのは、丸顔のかわいらしい女性だ。

「もちろんです！」

文さんの返事に安心したような顔を見せて店内に入ってくる。お財布を小脇に抱え、手にはドラッグストアのロゴの入ったビニール袋を下げている。かなり身軽だ。

「実はこの近くに住んでいるので、一度、行きたいなってずっと思っていたんですよ」

「わあ、嬉しいなあ。ありがとうございます」

文さんがちょっとばかり眠そうな目を軽くこすってから笑顔を見せる。

「でも授乳中でお酒が飲めないのに失礼かなって……」

カウンターの端の席に座りながら申し訳なさそうに言う。

「赤ちゃんがいらっしゃるんですか？　今、何ヶ月ですか？」

三崎さんが声をかける。薄いブラウス越しに華奢な肩が動く。さっきからスマホで頻繁にやり取りしているところを見ると、誰かと待ち合わせをしているのかもしれない。

「もうすぐ三ヶ月です」

「じゃあ、首もすわって、そろそろかわいい笑顔が見られたりするんじゃないですか？」

月齢を言われてもピンとこない私と違って、するすると会話が進むところはさすがお母さんだ。空になったビールグラスを文さんに渡しながら、代わりに追加で注文したドリンクを受け取る。着ているブラウスにも似た淡いピンクのソーダだ。手にしたグラスを嬉しそうに眺めてから、スマホで一枚写真を撮って、すぐに誰かにラインを送っている。

「それ、ソフトドリンクですか?」

丸顔の女性が尋ねると、三崎さんが頷きながら、

「美味しいですよ」

と微笑む。それを受けて彼女は、

「私も同じの、いただけますか?」

と文さんに声をかけてから、会話に戻った。

「ようやく授乳リズムも整ってきて。出産以降、検診や予防接種以外はほとんど外に出ていなかったので、散歩がてら久しぶりに出てみたんです」

「今は赤ちゃんは……?」

文さんがソーダを運びながら話す。

「今日は夫が早く帰ってきたので、預けてきたんです」

「いいご主人じゃないですか」

「多分、私が最近ちょっとおかしいせいだと思うんです。外で一息ついてきたほうが

いいって言われちゃって……」

「赤ちゃんとずっと二人っきりだと煮詰まっちゃいますよね」

「かわいいな、とはもちろん思うんですが、ずっと二人きりだと息が詰まりそうなんです。でも子どもに対してそんな風に思っちゃう自分も母親失格なんじゃないかって落ち込んだりもして。これまで仕事ばかりの毎日だったので、何が正解なのかわからなくて不安で……」

ソーダに口をつけた丸顔の女性が、

「甘くてほっとする」

とつぶやいて、息をついた。

「よかった～」

文さんが嬉しそうに言う。

「お仕事は辞められちゃったんですか？」

私が尋ねると、彼女はゆっくりと顔を上げる。

「いえ、育休中です。でも私が休職している間に、戻る場所がなくなるかも、って思うとそれも心配で仕方ないんです」

「それ、わかります。私も一日休むだけで、これまで積み重ねてきたものが崩れていくような気がして、多少体調が悪くても出ちゃったりしますもん」

私が結婚も出産も望まなかったのは、それが怖かったからだ。変わらず続けることの大切さを何よりも大事にしてきた。

「ええ。私もがむしゃらにやってきたので、休むなんて考えられなかったんです。子どもを産んだらすぐに復帰しようって思っていたのに、そういうわけにもいかなくて。そうやっているうちに世間からどんどん置いて行かれるような気がするんです」

切羽詰まった表情でぽつりぽつりと話す彼女を見ながら、ふと思った。彼女はもうひとりの私だ。私が選ばなかったほうの道に立つもうひとつの生き方だ。

「長いように感じるかもしれませんが、全身で頼ってくれるような時間なんてあっという間ですよ」

三崎さんが優しい目をして話す。

「そんなもんですか？」

新米ママさんの問いかけに、自分がそうだった頃のことを思い出しているようだ。

「今思うとそうですね」

「茅耶ちゃんにもそんな頃があったんですね」

文さんが言う。

「ええ。あの子は小さく生まれたから、ちゃんと育ってくれるか心配だったんですよ」

懐かしいな、とつぶやく。

「だから、今のこの時間を大切にしてあげてください。かけがえのない時間ですから」

かけがえのない時間……と私は反芻《はんすう》する。そうだ、私が過ごしてきた時間だって同じように大切でかけがえのない時間だった。

「育児と仕事、どっちに重点を置くのか……とか考えだすとわからなくなっちゃうんです」

かわいらしい丸顔を少しだけ歪めながら、恥ずかしそうに笑う。

「でも、子供を一人前に育てあげるってすごいですよね。私はそれをせずにここまで来ちゃったから、人間としてどこかやるべきことをやっていないんじゃないかって気にもなりますよ。ましてや仕事も子育ても、なんて……」

「仕事に復帰してもちゃんと両立できるか自信もないです。できている人を見ると偉いなあ～って」

おずおずと言う彼女を、三崎さんが勇気づける。

「どっちが偉い、なんてないと思いますよ。仕事だけの人も、専業主婦も、それから仕事と家庭の両立をされている人も、がんばっているのは同じだと思いますよ」

ちょっとだけ人生の先輩が、頼もしくそう言い切ってくれる。そのあとで、急にはにかんだ表情を見せた。

「なんて、こんなこと偉そうに言っているけれど、私だって悩んでばっかりなんですよ。子育てが間違っていたんじゃないかって自分を責めたりもして。まだまだ母親途上です」

そう言って俯く顔はとても穏やかで、心の中があたたかくなった。

「これまでキャリアを積み重ねていらして、今のお立場まで来たんじゃないですか。それが無駄になったり失われたりすることはないですよ」

文さんが私にかけてくれた言葉を、大切なものを扱うように心の奥にそっとしまって、私は一人静かに頭を下げた。

同じ菜の花が部屋を春らしくしたり、美味しい白和えになったりする。ごつごつしたお芋も、煮れば甘くなるし、縁起物にもなる。そのまま置いておけば、美しい葉を携えて初夏の空気を運んでくれたりもする。私はこの間、ここで見た小さな実のついた植物を思い出す。花を咲かせる木もあるし、実を楽しむものもある。枝分かれした先にはさまざまな道がある。そしてどの人生を選んでも、きっと悩みや迷いは尽きない。文さんが「文月」に辿り着いたように、私の居場所は職場にある。自分の選んだ道だ。ならばこれまでの自分に恥ずかしくないように、そしてこれからの自分にエールを送るように、自信を持ってちゃんと歩いて行こう。

「赤ちゃんが外に出られるようになったら、ぜひ一緒にいらしてくださいね」

会計を終えて席を立つ彼女を見送りながら、文さんが声をかける。

「いいんですか？　子連れでも」

艶のある肌がより一層輝いた。

「もちろんですよ！」

ニコリと笑う文さんの言葉に、

「楽しみにしています」

の私の声が重なった。心からそう思えた。手にしていたレジ袋から、オムツのパッケージが顔を覗かせていた。○○というロゴが大きく書かれている。

「そのオムツ、すごくいいみたいですね」

と、付け加えた。


イヤホンから流れる英語をシャドーイングする。日帰り出張に向かう朝の混雑した電車の中だ。もちろん声に出すことは出来ないので、頭の中で繰り返す。来年の夏休みには予定通りロンドンに行こう。遥香は帰国してしまうけれど、オススメのレストランとショップの情報はバッチリ教えてもらえた。気ままな一人旅。それを堪能できるよう、英会話はがんばらなきゃ。

あまりに集中してしまっていたようだ。車内放送の声に今どこ？　と慌てて目を上げた。その先に、バギーを押した女性が見えた。通勤客の中で張りつめたような表情で居場所を探している。反射的に席を立った。

「よかったら座ってください」

見ると、バギーの中の赤ちゃんはすやすや眠っている。私が座っていた席はドアの横だ。ここならバギーを脇に置いてお母さんは少しはゆっくりすることが出来るだろう。

リプレイが三周目に入った。さっきまで聞き取れなかった細かな部分まで今度はしっかりと聞こえてくる。

「ありがとうございました」

電車を降りる時に後ろから声がかかった。会釈する顔が先ほどよりも柔らかい表情になっていた。バギーの中をちらっと覗くと、赤ちゃんが目覚めていた。そのとろけるような笑顔に小さく手を振って、私は降車客に紛れた。今日も忙しい一日がはじまる。

黒猫と三日月

細い階段を降りて外に出ると、湿度の高いむんっとする風が頬を撫でた。

「これでホントに夕方？」

それに答えるように、二階のドアの向こうから、ポッポーと鳩が六回鳴いた。

福岡の夏の夕暮れはとても遅い。越してきたのは春先だったから最初は気づかなかったけれど、夏が近づくにつれ、夕方になってもいつまでも明るいことに驚かされた。東京ではとっくに夕暮れの時間だというのに、まだ真昼のような太陽が顔を出している。それがこの土地に暮らす人の明るくて屈託のない性格に繋がっているようにも感じる。

ビルの谷間からくっと見上げると、空には、出たばかりの細い三日月がお日様と同居していた。

「今夜もよろしくお願いします」

私はぺこりと頭を下げて、A形の黒板看板を運び出した。

ここでお店――文月を始めて六年。父の生まれ育った故郷ということだけで辿り着いたこの街で、母が遺してくれたレシピを頼りに、自分のペースを守りながら緩やかに営業している。客席からはぱっと見わからないけれど、キッチンの脇に引き戸がある。その奥が私の住まいだ。もともと工員たちの宿泊施設を兼ねていた製本工房を、越してくる際に店舗兼住まいに改装した。文月を開店するのは三日月から満月までの夜だけのほぼ二週間程度だ。それ以外の日は、まあこれといったこともせずに、街の空気に身を委ねながら、のんびりと暮らしている。自分の出来る範囲で、やれることを。それが今の自分自身の性に合っているようだ。

看板を店の入り口に置いて、チョークを取り出し、《本が読めて手紙が書ける店》と少し大きめに書く。これが店のコンセプト。その下に、今日のおすすめのメニュー。最後にう～ん、と悩んでいたところで声がかかった。

「文さん、もういい？」

「わあ、お待たせしちゃっていましたか？」

常連の安曇さんだ。高校の美術の先生で、趣味の写真を撮るために、まとまったお休みが取れるとあちこち飛び回っていらっしゃるアクティブな方だ。

「いやー、ちょうど通りがかったけん、そろそろ開いとーかいな？　って」

普段の開店時間は十九時だけれど、日の長い夏を楽しんでもらいたくて、この季節は十八時に開けるようにしている。でもどうも準備が遅くなってしまい、なかなかジャストに開けられない。でもそこは「博多時間」。ちょっとばかりルーズなところも許してもらえるおおらかさに救われている。

「ついお客さんに甘えちゃっているんですけどね」

と肩をすぼめる私に、

「こちらこそ、開店早々にごめんねー」

とにっこり笑ってくれた安曇さんが、

「この一文、いつも変えとーよね」

と看板を指差した。

「気づいてくださっていたんですね」

思わず声が弾んだ。大きく頷いた安曇さんが、記憶を辿るように言う。

「私が最初に来た時は確か……《秋日和《びより》のちょいごはん　どうぞ》って書かれとったんよ。ちょうど紅葉が美しい季節で、警固神社で写真を撮ってから、なんとなく薬院まで歩いてきたらこの看板やろ。お店の中に秋があるとかいな……と思って心を躍らせながら階段を上ったんよね」

「秋、ありました？」

「ええ、ええ。花瓶に照葉《てりは》が生けられていて、その脇に松ぼっくりや銀杏《いちょう》の葉が置かれとって。私、夢中になってシャッター押したもん」

懐かしく思い出す。

「あ、その松ぼっくり、多分、大濠公園で拾ったものだと思います。今じゃあアジのお気に入りで、毎日コロコロ転がしていますよ」

「え？　アジのおもちゃになったと？」

アジとはうちで飼っている黒猫の名前だ。

「はい。喜んで追っかけまわしています」

「じゃあ、私もアジも虜《とりこ》にする松ぼっくりやったんやね」

と安曇さんは笑った。

「毎日、『ここに何を書こうかな』って考えるのが楽しくて。面白いもので、その言葉でその日のお客さんの行動が変わったりするんですよ」

そう言って、安曇さんを先に店内に誘導した。それからもう一度看板の前に戻って、チョークで書き加えた。

《北の大地からのちょいごはん　どうぞ》

――あおくんと　きいろちゃんは　うれしくて　もう　うれしくて　うれしくて
とうとう　みどりに　なりました――

青と黄が混ざると緑になる、という色のしくみがベースになっているシーンだ。著者のレオ・レオーニが孫にせがまれて遊んでいるうちに創作されたものだと、カバーに解説されていた。

「うちの書棚にはなかったな」

ちぎり絵のような水色と黄色の円が描かれているハードカバーの絵本『あおくんときいろちゃん』は、表紙と裏表紙を繋ぐ背のところが少し破け、経年で紙が黄ばんだようにくすんでいる。でも逆にそれがなんとも言えない味わいにもなっている。

私は物心つく前に母親を亡くし、大学進学までは父と二人暮らしをしていた。実家の廊下には天井まで届く大きな本棚があって、父が仕事で使う難しいものだけでなく、小説や絵本、童話、漫画や写真集も並んでいた。その書棚の前で父と並んでペタリと座り込んで、本をめくるのが大好きだった。その父も私が社会人になってすぐに天国へと旅立ってしまった。

読み終えてパタリと閉じてから、表紙の絵をもう一度眺めていると、アジが本の入っていた段ボール箱の中を興味深そうに覗き込んでいる。

「あ、忘れてた」

ついさきほど届いた宅配便の送り状の品名の欄には「野菜」と書かれていた。幼なじみの奏《かなで》が、北海道で絵本をメインにした古書店を経営している。こうして気まぐれに季節の食材を届けてくれるのだが、中に必ず絵本が一冊入っている。メインは野菜だというのに、荷物が届くと、今回はどんな本が入っているのか……と楽しみに、つい先に手に取ってしまうのだ。

段ボールの中に半身だけ強引に入ってモゴモゴしているアジをむんずと摑んで外に出し、荷物の中身を取り出す。包まれている白い紙袋を開いてみると、アスパラガスだ。緑色と白色、それから珍しい紫色のものも数本交ざっている。

ピンと立った穂先に鼻を近づけると、新緑のような瑞々しい香りがした。空になった段ボール箱では、我が物顔のアジがすっかりくつろいで丸くなっていた。

「もう。ここで寝るつもりなの？」

私は呆れながらも、アスパラの束と絵本を手に店のキッチンへ向かった。

文月の店内に並んでいる本は、実家の書棚にあったお気に入りや、その後に私が買い揃えたもの、それからこうやって奏から送られてくるものもある。《みどりになったあおくんときいろちゃん》ならぬ《みどりちゃんとしろくんとむらさきちゃん》だな、と私は手にしたアスパラと絵本とを見比べて笑った。


「もうすっかり夏やね」

外看板を出し終えて店に戻ると、安曇さんが開け放たれた窓から外を眺めている。

「暑いですよね。エアコンが効くように窓、閉めますね」

私が店の正面に大きく開いた窓に近づくと、

「いや、外の風が気持ちいいけん、しばらくこのままで」

と安曇さんが微笑む。私はその少し後ろに立って、ゆっくりと暮れ行く薄青色の空が一面に広がる景色を眺めながら、

「夏の夕暮れって、いいですよね」

とつぶやいた。

関東だと、少し暗くなってきたかと思うと、慌てたように帳《とばり》が降りてしまう。でも福岡では昼と夜の境目の時間がいつまでも続く。実際の日の入り時間にさほど差はないようなので、西に位置しているせいだけでなく、山や海の地形にもよるらしい。中心地であっても、東京のオフィス街ほどビルが密集していなくて、空が広く感じられるのも日が落ちるのが遅いと感じる一因かもしれない。

「今日のこつまみは、プチトマトのカプレーゼと、ゴーヤとレモングラスのナンプラー炒め、三色のアスパラガスのショートパスタです」

「三色？」

「ええ、そうなんです。緑と白と紫」

そう言いながら、まだキッチンに置かれたままのフレッシュなアスパラガスを手に

取って見せる。

「紫色のアスパラとか珍しいねえ」

「そうなんです。私もはじめて見たので……」

と言いながら、同封されていた、食べ方が紹介されたパンフレットを開く。調理の前に皮むきと下茹《ゆ》でが必要らしい。慌てて、

「届いたばかりで、下ごしらえがこれからなので、少しお待たせしちゃいますが」

と付け加えた。

「北海道からなん？　初物を食べられるとか嬉しい。全然待つよ〜」

と安曇さんが朗らかに笑う。そしてキッチンに戻って、作業をしている私に声がかかる。

「文さん、夏は札幌ですか？」

「いいえ。夏はこっちにいますよ」

「でも、いつも冬ごもりは向こうですよね。夏のほうが気持ちよさそうなのに」

語尾に首を傾げたようなハテナマークが加わった。寒がりの私は、毎年、冬の季節は一ヶ月ほどまとめてお休みを取っている。その間は「冬ごもり」と称して、札幌で過ごすことが多い。寒がりのくせになぜわざわざ北国に行くのかと不思議に思われそうだが、日本海に面していて緯度のわりに気温の低い福岡にいるよりも、屋内では二

重窓やセントラルヒーティングが発達している北国のほうが過ごしやすいのだ。それに、

「北海道の冬は本当に美しいんですよ」

パウダースノーに覆われた冬景色は、光が反射して明るくて清々しい輝きがある。雪の少ない関東で育ったために物珍しさも手伝ってか、真冬に新千歳《しんちとせ》空港に降り立つ時のわくわく感は何度訪れても変わることがない。

もっとも奏に言わせれば、さっぽろ駅からすぐ近くのマンションでしばらく暮らす、なんていうのは「いいところどり」のようだ。雪かきの必要もなく、寒波もそれほどでもないのだから、お気楽な季節滞在者であることは否めないのだけれど。

「いいですねえ。冬の間だけ一緒に過ごす……なんて、ロマンチックやね〜」

安曇さんが、からかうように言う。

「そんなんじゃないですよ」

やんわりと否定してもみる。

転勤族だった奏の家族は、小学校五年生の時に、神奈川にあった私の実家の隣に越してきた。父親と二人暮らしだった私が、奏の家でお世話になったことも多い。彼の家族は数年後に関西のほうにまた転勤になったが、その頃には私は東京の大学へ、奏は北海道の大学へと進学し、お互い家を離れていた。大学に入ってからしばらくはな

んとなく続いていた音信も、やがて途切れた。

再会したのは、私が福岡で店をはじめた年の冬のことだった。東京の住所に送ってくれた手紙がこちらまで転送されてきた。奏の古書店開店を知らせる案内状だったが、懐かしい便りに返事をした。それがきっかけとなった。世間的な尺度で言えば、ステディな関係となるのだろうが、幼なじみというのはそれだけでは言い尽くせない、特別な繋がりがあるように感じる。ふたごの兄妹のような、同志のような……

「付かず離れずの大人の関係やね」

安曇さんがそう納得したように言ってから、今は空っぽになっている傘立てを指差した。

「やけん黒い傘は、冬にだけ登場するんやね」

と事件を解決する探偵のように頷いた。


下ごしらえのあと、軽く塩茹でした三色のアスパラガスをホワイトソースに絡め、茹でて水切りしたペンネに載せ、塩こしょうで味を調える。火を通しても美しい色を保ったままのアスパラガスが、真っ白いソースに包まれて霧を帯びたように透けて見える。

「どうぞ」

口径が五センチほどの、手のひらにすっぽり入る小鉢に盛られた《こつまみ》を安曇さんの前に置くと、

「きれいやね。札幌の冬景色ってこんな感じなんかね」

いったん器を押し戴くように持ち上げてから、机の上に置いて、アンティークカメラを構えた。やがてカシャリという小気味いいシャッターの音が続いた。

ポテトサラダには男爵《だんしやく》がいい。皮が薄くてゴツゴツが緩やかなもの。小さすぎず大きすぎず、ほどよい大きさのものを三個。軽く水洗いしたら皮ごと水を張ったホーローの鍋に入れる。水から中火で茹で、沸騰したら吹きこぼれない程度に火を弱め、あとは柔らかくなるまでじっくりと。ここは焦らず騒がず竹串がすっと通る柔らかさになるまで時間をかける。

文月の料理は、私が《みかづきレシピ》と呼んでいる母がノートに書き残してくれたレシピを参考にすることが多いのだけど、ポテトサラダだけは私のオリジナルだ。お店をやっておきながら「料理に自信がない」もあったもんじゃないけれど、正直どれも家庭料理レベルだ。その中でポテサラだけは「自信作」と胸を張って言える数少

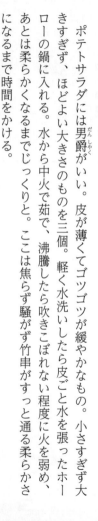

ないメニューだ。もっともポテサラなんて誰が作っても大差ない……とも言えるのだけれど。

　じゃがいもがいい感じに茹であがって、竹ざるにあげ、皮むきに下味付けと、いよいよこれからが手早く作業する山場の工程……という肝心なところで、ドアを叩く音がした。

「宅配便です～」

　ポテサラが気になる。急いで受け取ろうとすると、

「重いですから気をつけてくださいね」

の言葉どおり、両手で抱えるほどの段ボールがずっしりと腕にのしかかってきた。

送り状には見慣れた筆跡が並び、品名のところには大きく《じゃがいも》と書かれている。

「あ～」

　タイミングが悪い。あと一歩早かったらこれが使えたのに……とため息混じりのつぶやきが漏れる前に、受け取りのサインをした。

　段ボールの真ん中を走っているガムテープを剝がし、ゴロゴロと笑い転げているようなじゃがいもの上に置かれていた平たいビニール袋を取り出す。

『ぬすまれた月』

これなら私も読んだことがある。数年前に復刻した岩崎《いわさき》書店の「ポニー・ブックス」シリーズの一冊だが、私が読んだのは初版当時のものだ。奏からの本も年季の入った古本だ。月をこよなく愛する男が、空から月を盗んでしまう話だ。本を開いてしばらく考え込んでしまったが、今はそんなことをしている場合ではない。茹でたじゃがいもの面倒を見るべく、すぐにキッチンに戻った。

「新人の子に、おじさん達が『仕事ばっかりしとったら佐伯さんみたいになってしまうよ』とか、これ見よがしに言うとよー」

文月には男性客ももちろんいるが、一人で訪れる女性客が圧倒的に多い。職場と家の間、ショートストップのように仕事帰りに寄っては、一息ついてから帰路につく。そんな使い方をしてくれる。今夜は私がなんとなくもやもやした気持ちのまま黒板に書いた《憂さ晴らしのちょいごはん　どうぞ》のせいか、仕事や人生の悩みが口をつくような夜になった。

天神の百貨店で企画のお仕事をしていらっしゃる佐伯葵さんも、いつもの前向きなまなざしが、今日は幾分疲れているようだ。額面ばかりの男女平等に辟易《へきえき》している発

言に、

「うちにも頭の固い上司がいて、働き方改革が一向に進まないんですよ」

ウェブデザインや求人情報を請け負っている会社の人事部で新しい働き方を模索中の鈴音さんが同意する。

「私の勤務先じゃあ、子どもを産んでこそ一人前みたいな風潮あるしねえ」

安曇さんもすかさず反応した。

今はいろいろな生き方、働き方がある。選択肢が増えた分、どうすべきかと悩むことも多い。それだけに、自分なりの答えを見つけなければならない。理想に届かないことで、焦りも募る。

私は、さっきの絵本を見ながら心をすり抜けていった感情を思い出す。

——月が盗まれたら、文月の営業日がなくなっちゃう。そうしたら私はどうするのだろうか——

月を眺めていると両親に励まされているような気持ちになる。そうやって月に見守られながら私は文月を開けている。だから月がなくなったら困る。

でももしそうなったら、私は札幌に行くのだろうか、奏のもとで暮らすのだろうか。

奏はそれを望んでいるのだろうか……。

「どんな生き方がいいんでしょうね～。私もわかんなくなっちゃいましたよ」

とつぶやくと、

「あれ、文さんが元気ないの珍しいじゃないですか～」

と、目下、靴デザインを勉強中の莉絵さんに笑われた。


夜が深まるにつれ、ひとり、ふたりと店をあとにし、賑やかだった店内には、その莉絵さんだけが残された。

「その後どうですか？」

莉絵さんは以前、ご家庭のある会社の先輩とおつきあいをされていたことがある。その人——長谷部《はせべ》さんの転職を機にお別れしたと聞いている。

「もう全然、連絡取ってないけんわからんけど、たぶん元気でやっとるんやない？私もしばらくは引きずっとったけど、もう大丈夫やけん」

吹っ切れたような笑顔が、大人びて見えた。少しほっそりとされたせいか、キリリと締まった横顔が、素敵だな、と思えた。

「それに今は、これで頭いっぱい」

と言って、脇に置いた横長のバッグを重そうに持ち上げる。中には試作中の靴や材料が入っているようだ。

「見て、これ」

そう言って指差す先に履かれているのは、つま先が丸くなった茶色のスリッポンだ。ピカピカに磨かれたハイヒールが多い莉絵さんにしては、珍しくラフな足元だ。

「もしかしてご自分で作ったんですか？」

「まだ粗くって、雨の日は怪しっちゃけどね～」

と言いながらも、我が子を見るような眼差しを、柔らかそうな革靴に向ける。

「工程が少なくてサイズ感の緩いやつなら、少しは出来るようになったっちゃん。自分好みのデザインまでは、全然届いとらんで、まだまだなんやけどね」

「楽しみですね」

「うん。仕事と学校の両立も大変やけど。課題とか提出物も結構多くて……」

「忙しいのに、いつも寄ってくださってありがとうございます」

私が頭を下げると、

「逆よ。ここがあるけん、いろんなことがあってもがんばれるんだよ。長谷部さんとのことだって、文月があったけん乗り越えられたんやもん」

莉絵さんが、まっすぐな目でそう言ってくれた。

東京で働いていた頃、終電に揺られて帰る毎日が、永遠に続くのかと途方もなくつらく感じた。やがて心身ともに疲れ果ててしまった。だからここで店をやろうと決めた時、かつての私のような人たちの拠《よ》り所にしたいと思った。変わらなきゃ、こんな自分じゃダメだ、と気負っている心に、「大丈夫、今のままでいいよ」と伝えられる場所でありたいと。

福岡に越したから、会社を辞めたから、だからといって、そんなに簡単に大変だった日々から逃れられるわけではない。私も店とともに一歩一歩、前に進んだり、立ち止まったりしながら、歩いてきた。悩みながら、それでも自分らしく、これでいいんだ、と思いながら。

だからそれを忘れないように、たまに黒板にこの文字を記す。

《終電前のちょいごはん　どうぞ》と。

鍋たっぷりの水に、ひと摑みの焼きあごと二十センチくらいに切った昆布を入れてから火をつける。中火にかけて、昆布からぷつぷつと泡が出てきたら昆布を取り出す。沸騰前に火を止めて、ザルで濾《こ》す。黄色く透き通った液体をスプーンで掬《すく》ってゆっくり舌に滑らすと、柔らかな甘みのある味わいが広がった。

「美味しい……」

あご、とはトビウオのことだ。関東にいた頃には馴染みのないものだったが、こちらでは出汁《だし》として使われることが多い。これに奏から送られてきた羅臼《らうす》昆布を加えて、あごと昆布の出汁を試作してみた。

九州の「あご」と北海道の「昆布」。旨みの強いあごと上品な風味の昆布がバランスよくまとまった。まるで私と奏のようだ。それぞれが自立していて、でも補い合って支え合える関係。そんな二人でありたいと願う。何かに縛られる必要はない。だから私は黒い傘を持って、札幌に行く。冬ごもりに入る前、階段の上に置かれた傘立てに、黒いこうもり傘を用意する。それは私の大好きな童話『メアリー・ポピンズ』の主人公が、常に携えている小道具だ。どこからともなくやってきて、またふといなくなってしまう彼女のように、いつも自分をしっかり持って、そしていつも自由でいられるようにと、それは私にとってのおまじないだ。

羅臼昆布と一緒に送られてきた絵本は『ゆきとくろねこ』。はじめて見る雪に、黒猫が驚いたり喜んだりするお話だ。

「アジそっくり」

とほくそ笑む。

昨年の冬ごもりの時、はじめて札幌にアジを連れて行った。飛行機の客席に持ち込むことはできないので、荷物室に用意されたペット専用のスペースに預けるのだ。振動や音で怖がるのではないかと心配したが、こちらが拍子抜けするほどに落ち着いていた。飛行機から特急列車に乗り換え、さっぽろ駅からは地下道を通ってマンションの部屋に辿り着いた。キャリーバッグのチャックを開けると、しばらくはじっとしていたが、すぐにお気に入りの出窓を見つけ、ぴょんと飛び乗った。そして窓の外を落ちる白い粒を、不思議そうにいつまでも飽きることなく眺めていたっけ。

店から続く引き戸の向こうから、魚の匂いを嗅ぎつけたアジが「なぁー」と鳴いた。

さっき濾したあごの出し殻は、アジのおやつに決定だ。

冬になったら、またアジを連れて札幌に行こう。黒い傘のおまじないとともに。

NOTE BOOK
文さんの一言メモつき
みかづきレシピ
Mikaduki Note Recipe

ラベンダーのお酒（作りやすい量）

材料　フレッシュラベンダー……ひとつかみ

ウォッカ
（焼酎やホワイトラムでも可）……600cc

作り方

①フレッシュラベンダーを軽く水洗いして、ザルなどにあげてから、キッチンペーパーなどで水分をしっかり拭き取る。

②煮沸（もしくはアルコール除菌スプレー）消毒した密閉ビンの中に①を入れ、ラベンダーが浸る深さまで、ウォッカを注ぐ。

③冷暗所で1ヶ月おけばできあがり。この時点でラベンダーを引き上げておけば、数ヶ月楽しめます。ロック、水割り、ソーダで割っても美味しいです。

ラベンダーのお茶（1人分）

材料　フレッシュラベンダー……2、3本
お湯……120cc

作り方

①軽く水洗いしたフレッシュラベンダーを茎のまま輪にして急須に入れる。

②お湯を注いで30秒くらい抽出すればできあがり。

あやメモ

フレッシュラベンダーが手に入らなかったら、ドライのものでも同様に作れます。
ドライの場合は、軸から外した花の部分だけを使います。

とうもろこしだけの天ぷら（2人分）

材料
とうもろこし……1本
小麦粉……大さじ2
水……大さじ2
揚げ油……適量

作り方

①とうもろこしは皮とひげを取り、包丁で粒だけを削ぎ取る。カップ半量分を使う。

②①のとうもろこし、小麦粉、水をボウルに入れて交ぜる。交ざりにくかったら、少量の水を足す。

③スプーンで一口大に丸めて、160～180℃の油でゆっくり揚げる。

あやメモ

揚げたてをお塩でどうぞ。
とうもろこしの粒の残りは保存袋に入れ、冷凍できます。

ルバーブソーダ

材料

ルバーブ	適量
砂糖	ルバーブと同量
ソーダ水	適量
ライム	一切れ

作り方

①軽く水洗いして水気を切ったルバーブを、皮をむかずに輪切りにする。

②ルバーブと同量の砂糖を用意する。

③煮沸(もしくはアルコール除菌スプレー)消毒した密閉ビンの中に、①と②を1／3ずつ交互に入れていく。

④ビンの蓋を閉め、軽くゆすって全体をなじませる。2、3日で砂糖が溶けたらシロップのできあがり。冷蔵庫で保存。

⑤お好みでソーダで割って、仕上げにライムの輪切りを一切れ浮かべる。

あやメモ

少し肌寒い日には、ソーダのかわりにお湯で割った、ホットルバーブジュースも美味しいですよ。

河内晩柑とカッテージチーズのフレッシュサラダ（2人分）

材料

河内晩柑	1／2個
カッテージチーズ	大さじ2
ルッコラなど葉野菜	適量
塩、コショウ、オリーブオイル	少々

作り方

①河内晩柑の皮と薄皮をむき、実を取り出す。
②カッテージチーズと①を軽く交ぜる。
③レタスやルッコラなどお好みの葉野菜を氷水に入れてパリッとさせ、一口大にちぎる。
④③を器の下に敷き、②をのせ、軽く塩、コショウをふる。
⑤オリーブオイルをまわしかける。

あやメモ

河内晩柑以外の柑橘類でも作れます。福岡では年中通して、いろいろな美味しい柑橘類が食べられるので、柑橘のサラダはよく作ります。ちなみに昨年の初夏には甘夏を使いました。葵さんが召し上がってくださっていましたね。

梅と大葉の揚げワンタン（2個分）

材 料
小梅……6粒
大葉……1枚
ワンタンの皮……2枚
細切りにした昆布……2本
油……適量

作り方

①小梅のタネを取り除き、実をみじん切りにする。

②大葉を細切りにして①と交ぜておく。

③ワンタンの皮に②を等分に入れ、巾着形にしぼる。

④しぼったところを細切り昆布で縛る。

⑤180℃の油でこんがり色がつくまで揚げる。

あやメモ

揚げるとぷくっと膨らんでかわいいです♡

菜の花の白和え（2人分）

材 料
菜の花（食用）……5、6本
豆腐……半丁
砂糖……大さじ1
すり胡麻……大さじ1／2

作り方

①菜の花を軽く湯がき、水気をしぼっておく。

②①を3等分に切る。

③豆腐を水切りしてボウルに入れ、砂糖、すり胡麻としょうゆ（分量外）、塩（分量外）と交ぜる。

④②と③を和える。

あやメモ

花が開くと少し固く、苦くなりますが、それも私は好きです。
色みもかわいいので、花が開いたものも、ぜひ食べてみてください。

ふみこさんの鉄のフライパンで作る目玉焼き（1人分）

材 料

たまご……1個
油……適量
塩、コショウ……少々

作り方

①こぶりな鉄のフライパンに油をひく。底面全体にしっかり行き渡るよう、やや多めの油を使います。
②中火にかけ、油がふつふつといってきたら、たまごを割り入れる。好みで野菜やソーセージを入れる。
③すぐに火を弱め、あとは弱火でじっくり。途中で塩、コショウをふる。
④白身が透明から白色に変わったら、火を止め、フライ返しを目玉焼きの奥まで差し入れ、その場でいったん持ち上げてから、静かに皿に移す。

あやメモ

使い終わったフライパンは熱湯で洗い、火にかけ余熱で完全に乾かします。洗剤を使って洗った場合は、乾かしたあとで、油を薄く塗っておくとサビが防げます。

ディルとたまごのポテトサラダ(2～3人分)

材料

たまご	1個	マヨネーズ	適量
タマネギ	1／2個	塩、コショウ	少々
じゃがいも	3個	ディル	適量

作り方

①たまごを固ゆでにし、みじん切りにする。
②タマネギをみじん切りにして、塩をしてから、しっかり水を切っておく。
③じゃがいもを皮ごとやわらかくなるまで茹でる。
④茹であがったら、すぐにザルに移し、皮をむく。
⑤④をボウルに入れ、スプーンなどでつぶす。つぶしすぎず、形が残るくらいがオススメです。
⑥まだ熱いうちに、塩、コショウで味を調えておく。好みでビネガー(分量外)をまわし入れる。
⑦⑥が完全に冷めたら、①、②、マヨネーズを交ぜ、最後にちぎったディルを軽く和える。

あやメモ

じゃがいもはつぶしすぎないのが文月流。
ほくほくを召し上がれ♪

研究者の日常の描写に際し、長く研究職に携わっていらした中津理恵子さんにお話を伺わせていただきました。ありがとうございました。

植物のしくみに関しては以下の文献を参考にさせていただきました。

『葉っぱのふしぎ』田中修著（サイエンス・アイ新書）
『日本の野草　春』矢野亮監修（学習研究社）
『四季の野の花図鑑』いがりまさし著（技術評論社）
『観察する目が変わる　植物学入門』矢野興一著（ベレ出版）
『主張する植物』塚本正司著（八坂書房）

また、理化学の仕事に関しては以下の文献を参考にさせていただきましたが、物語での実験風景や内容は全て創作です。実際の現場とは異なる点もあります。

『微生物ってなに？』日本微生物生態学会教育研究部会編著（日科技連出版社）
『化学のしごと図鑑』一般社団法人近畿化学協会編（化学同人）
『5教科が仕事につながる！　理科の時間』松井大助著（ぺりかん社）
『大人になったらしたい仕事2』朝日中高生新聞編集部（朝日学生新聞社）
『生活用品の化学が一番わかる』武田徳司ほか著（技術評論社）

『トコトンやさしい　染料・顔料の本』中澄博行、福井寛著（日刊工業新聞社）

なお、方言監修は前作『終電前のちょいごはん～薬院文月のみかづきレシピ』に続き、今回もポプラ社の落石潔昭さん、吉原麻依子さんにお願いしました。重ねて御礼申し上げます。

作中に登場した絵本

『あおくんときいろちゃん』　レオ・レオーニ著　藤田圭雄訳（至光社）

『ぬすまれた月』　和田誠著（岩崎書店）

『ゆきとくろねこ』　竹下文子著　おおの麻里絵（岩崎書店）

本書は書き下ろしです。

この物語はフィクションであり、実在の人物、場所、出来事とは、いっさい関係ありません。

終《しゅう》電《でん》前《まえ》のちょいごはん
薬院文月《やくいんふみつき》のみちくさレシピ
標野《しめの》 凪《なぎ》

2020年6月5日初版発行
2023年1月28日2刷

発行者……………千葉 均
発行所……………株式会社ポプラ社
〒102-8519 東京都千代田区麹町4-2-6
フォーマットデザイン 荻窪裕司(design clopper)
組版・校閲 株式会社鷗来堂
印刷・製本 中央精版印刷株式会社

落丁・乱丁本はお取り替えいたします。

電話（〇一二〇-六六六-五五三）または、ホームページ（www.poplar.co.jp）のお問い合わせ一覧よりご連絡ください。
※電話の受付時間は、月～金曜日十時～十七時です（祝日・休日は除く）。

ポプラ文庫ピュアフル

ホームページ www.poplar.co.jp

N.D.C.913/239p/15cm
ISBN978-4-591-16672-7
P8111296

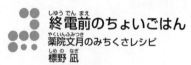